MARGRET RETTICH

ALLERLEI

VON FRÜHER, JETZT UND IRGENDWO

BILDER VON
MARGRET UND ROLF RETTICH

VERLAG FRIEDRICH OETINGER · HAMBURG

Inhalt

Allerlei von früher

Soliman der Elefant

Dies ist die Geschichte von Soliman, dem Elefanten. Er zog im Jahr 1551 von Spanien durch Italien, Tirol und Österreich nach Wien. Überall, wo er vorüberkam, wurde er bestaunt und gefeiert. Heute noch heißen viele Gasthäuser an seinem Weg »ZUM ELEFANT«.

Es gab mal einen Prinzen, der hieß Max und lebte in Österreich. Sein Vater war König Ferdinand der Erste. Damals mußte ein Prinz immer eine Prinzessin heiraten. Deshalb war Prinz Max schon als kleines Kind mit der Prinzessin Maria verlobt worden. Aber bisher kannte er sie kaum.

Prinzessin Maria lebte nämlich weit weg in Spanien. Ihr Vater war Kaiser Karl der Fünfte. Manchmal dachte Maria: Hoffentlich gefällt mir der Prinz. Und Max dachte: Was ist, wenn ich die Prinzessin gar nicht mag? Beiden war ein wenig bange.

Dann waren Prinz Max und Prinzessin Maria alt genug, um zu heiraten. Kaiser Karl lud zur Hochzeit ein. Es sollte ein prachtvolles Fest werden. Alles, was Rang und Namen hatte, mußte kommen. Könige und Fürsten, Herzöge und Kardinäle reisten mit großem Gefolge nach Spanien.

Nur König Ferdinand, der Vater von Max, sagte ab.

Er hatte schwere Sorgen. Die Türken bedrängten damals gerade seine Hauptstadt Wien. Der Türkenherrscher Soliman war ein ganz gefährlicher Kerl. Er prahlte, daß er die Stadt erst erobern und dann ausplündern und abbrennen wolle.

Davor hatten die Wiener große Angst. König Ferdinand konnte sie jetzt nicht allein lassen.

Am liebsten wäre auch Prinz Max in Wien geblieben. Aber er war ja der Bräutigam, darum mußte er die Einladung zur Hochzeit annehmen.
Zum Abschied rief er: »Habt Mut! Ich bin bald wieder da! Dann jagen wir gemeinsam die Türken weg!«
Er winkte noch einmal und machte sich auf den Weg.
Im Kaiserschloß in Spanien wurde inzwischen alles für die Hochzeit vorbereitet. Bunte Fahnen wehten von den Türmen. Überall hingen Girlanden. Im Keller lagerten unzählige Fässer voll Wein. Gebratene Ochsen drehten sich am Spieß. Es brutzelte in allen Pfannen, brodelte in allen Töpfen und siedete in allen Kesseln. Es duftete gut nach Kuchen und Gebäck.
Nach und nach waren die hohen Gäste eingetroffen. Sie hatten kostbare Geschenke mitgebracht. Nun fehlte nur noch Prinz Max. Alle erwarteten ihn gespannt.
Kaiser Karl saß auf einem Thron unter einem Baldachin. Neben ihm saß Prinzessin Maria in ihrem schönsten Kleid. Sie war sehr aufgeregt. Immerhin sollten sie und Max sich gleich zum ersten Mal sehen.
Max ritt in den Schloßhof. Er schaute sich um. Aber er sah Maria gar nicht, er sah nur das Geschenk des Königs von Portugal.
Das Geschenk des Königs von Portugal war ein riesiges Tier. Es war hoch wie ein Haus, hatte Beine wie Säulen, Ohren wie Schiffssegel und eine Haut wie die Mauer einer Festung. Doch am merkwürdigsten war eine lange, dicke Schlange vorn an seinem Kopf.
Max stotterte verwirrt: »Was ist das für ein Tier?«
Der König von Portugal war stolz, daß sein Geschenk solchen Eindruck machte. Er zeigte gern, daß er ebenso reich und mächtig war wie Kaiser Karl. Immerhin herrschte er über Indien, halb Afrika und halb Amerika dazu. Er antwortete: »Dieses Tier ist ein Elefant und stammt aus Indien, das mir gehört. Der Elefant gehört dir.«
Max rutschte vor Freude aus dem Sattel. Er lief um den Elefanten

herum und wagte sogar, ihn anzufassen. Der Elefant fegte ihm mit dem Rüssel den Hut vom Kopf.
Für Maria hatte Max keinen Blick. Fast hätte sie geweint. Aber sie lächelte. Sie hatte gelernt, daß eine spanische Prinzessin nie zeigt, daß sie enttäuscht oder traurig ist.
Am nächsten Tag fand die Hochzeit statt. Danach wurde getafelt. Ein Gang nach dem anderen wurde aufgetragen. Von jedem Gang gab Max seinem Elefanten einen großen Happen zum Kosten.
Dann stieg er auf einen Stuhl und verkündete laut: »Dieser Elefant soll Soliman heißen.«
»Oho!« sagten die Gäste. Sie wußten, daß so der schreckliche Türkenherrscher hieß.
Max rief: »Mit meinem Elefanten Soliman werde ich den Türken-Soliman verjagen und alle Türken dazu. Dann ist mein Elefant ein Held, und mein Vater, der König Ferdinand, macht ihn zum Ritter. Zum Ritter-Elefanten Soliman!«
Nach dieser Rede kippte Max um. Er hatte zuviel spanischen Wein getrunken. Ein paar Hofleute schleppten ihn weg. Dabei spotteten sie: »Prinz Max hat heute nicht unsere Prinzessin Maria geheiratet. Er hat sich mit einem Elefanten vermählt.«
Als das Essen vorbei war, spielte die Musik zum Tanz auf. Die Gäste vergnügten sich bis spät in die Nacht. Kaiser Karl saß dabei und machte ein finsteres Gesicht. Er ärgerte sich über den König von Portugal und dessen Geschenk. Neben ihm saß Prinzessin Maria und lächelte.
Aber später, als sie ganz allein war, weinte sie.
Nach der Hochzeit wollte Max nach Wien zurück. Es war Herbst, und bald kam der Winter. Wenn sie sich nicht beeilten, würden sie in Schnee und Eis geraten. Das tat dem Elefanten bestimmt nicht gut.
Maria mußte Abschied nehmen. Sie ließ alles zurück, woran sie hing: ihre Goldfische, die zahmen Vögel und ihre gute alte Amme. Nur ihre Kleider und die Hochzeitsgeschenke nahm sie mit.

Mit mehreren Schiffen segelten sie los. Am sechsten Tag wurden sie überfallen. Es waren Seeräuber, die den Kaiser Karl nicht ausstehen konnten. Darum wollten sie seine Tochter rauben und an den Türkenherrscher Soliman verkaufen.
Doch daraus wurde nichts. Als alle kämpften, brach plötzlich der Elefant aus seinem Verschlag und trompetete. Entsetzt starrten ihn die Seeräuber an. Dann flohen sie. Doch eins der Schiffe hatten sie erobert. Es war das Schiff mit Marias Kleidern und den Hochzeitsgeschenken. »Das macht nichts«, sagte Max, »alle haben gesehen, daß mein Elefant ein Held ist. Er hat die Seeräuber ganz allein vertrieben. Genauso wird er auch mit den Türken fertig werden!«
Ohne weitere Zwischenfälle erreichten sie die Stadt Genua.
In einem prachtvollen Zug ging es nun quer durch das Land Italien. Voran marschierten Musikanten. Ihnen folgten zwei Lanzenträger, ein Riese und ein Zwerg. Dann kamen die beiden dunklen Wärter mit dem Elefanten, auf dem Prinz Max saß und stolz nach allen Seiten winkte. Dahinter trabte das Gefolge mit dem Gepäck. Ganz zuletzt folgte auf zwei Maultieren eine Sänfte.
Wenn der Zug nahte, strömten von überall her die Leute zusammen. Alle wollten das jungvermählte Paar sehen, den Prinzen Max und die Prinzessin Maria.
Alle vergaßen den Prinzen und die Prinzessin, sobald sie das riesige, unbekannte Tier erblickten. Sie starrten und staunten es an. Ein Ausrufer schrie: »Ja, staunt nur, Leute! Ihr seht Soliman, den berühmten Elefanten, der Wien von den Türken befreien wird! Groß wie er selbst ist auch sein Hunger! Bringt ihm zu fressen, sonst wird er wild!«
Alle rannten schnell und brachten, was sie hatten. Der Elefant schlang alles hinunter. Die Wärter paßten auf, daß er sich nicht den Magen verdarb.
»Ich danke euch«, sagte Max zufrieden, und sie zogen weiter.
Niemand kümmerte sich um Maria in der Sänfte.

Am Fuß der Alpen liegt die reiche Stadt Trient. Als man erfuhr, daß der Zug des Prinzen ein Wundertier mit sich führte, dachte man sich eine Überraschung aus. Ein Holzgestell wurde errichtet. Darauf wurden die Umrisse des Wundertieres angebracht und mit Raketen gespickt. Bei Dunkelheit wurden sie gezündet. Strahlend erschien der Elefant als Feuerwerk am Nachthimmel.

Ein Stück weiter in Tirol liegt die schöne Stadt Bozen.

Dort waren die Leute unzufrieden, weil König Ferdinand sie vernachlässigte. Sie ließen sich nicht blicken, als Prinz Max mit seinem Zug kam.

Aber dann sahen sie den Elefanten, der in den engen Gassen fast steckenblieb. Es hielt sie nicht in ihren Häusern. Sie brachten ihm

Tiroler Wein. Da tanzte er auf dem Marktplatz im Kreis herum. Max erzählte ihnen, daß König Ferdinand Sorgen wegen der Türken hatte. Und daß der Elefant Soliman die Türken bald vertreiben würde. Dann hätte der König wieder Zeit für die Tiroler. Die Leute von Bozen sahen das ein und winkten dem Zug freundlich zum Abschied.

Nun wurde die Reise beschwerlich. Das Tal war eng, und Felsen versperrten den Weg. Max rief vom Elefanten herunter: »Gebt acht auf Soliman!«

Alle gaben acht, trotzdem passierte ein Unglück.

Der Elefant rutschte aus und stürzte ab. Hätten ihn nicht die Felsbrocken gehalten, wäre er mitsamt Max im wilden Bergwasser ertrunken. Alle packten zu, um den Koloß hochzuwuchten. Sie brauchten Stunden dazu. Danach waren sie so erschöpft, daß sie kaum noch weiterkonnten.
In Brixen gab es ein Gasthaus mit einem großen Stall. Dort kamen alle unter und konnten sich ausruhen.
In der Nacht bekamen Max und der Elefant hohes Fieber. Sie hatten sich beim Sturz ins eiskalte Wasser erkältet. Maria ließ einen Arzt kommen. Der kannte sich zwar nicht aus mit Elefanten, aber er verordnete den Kranken vierzehn Tage Ruhe, warme Wickel und viel Tee.
Maria pflegte die beiden unermüdlich Tag und Nacht. Dabei summte sie spanische Lieder. Max hörte ihr zu und sah sie an, und sie gefiel ihm immer besser. Als er gesund war, wurde er unruhig. Er sagte: »Wir müssen weiter. Sonst überrascht uns der Winter, ehe wir über die Berge sind.«
Max wußte nicht, daß der Winter längst da war.
Der Gastwirt in Brixen hatte inzwischen verbreiten lassen, daß ein

riesiges, unbekanntes Tier in seinem Stall stehe. Von den Bergen und aus den Tälern strömten die Leute herbei. Heimlich durften sie den Elefanten bestaunen, und der schlaue Wirt verdiente daran. Es war ihm darum nicht recht, als die hohen Gäste weiterzogen.
Jeden Tag kamen immer mehr Neugierige und wollten das Wundertier sehen, obwohl der Stall längst leer war. Der Wirt schilderte ihnen, daß es hoch wie ein Haus gewesen sei, mit Beinen wie Baumstämme, Ohren wie Bettlaken und einer Nase so lang und dick wie ein Männerbein. Weil ihm niemand glaubte, mußte ein Maler den Elefanten in voller Lebensgröße an die Hauswand malen. Dort prangt er bis heute. Und das Gasthaus in Brixen heißt immer noch »ZUM ELEFANT«.

Der Weg führte an der Felswand steil dem Paß entgegen. Die Berge ringsumher waren dunkel und drohend. Der Wind pfiff eisig. Schnee wirbelte durch die Luft.
Maria saß nicht mehr in der Sänfte. Sie saß eingemummt oben auf dem Elefanten. Max sagte: »Da bist du sicher, und ich kann auf dich aufpassen.« Er selber führte das Tier behutsam bergauf. Einmal, als er sich umguckte, sah er, daß sie fast allein waren. Nur ein paar brave Burschen folgten noch. Alle anderen hatten voller Angst kehrtgemacht.
Endlich gelangten sie auf die andere Seite des Passes.
Sie waren müde, hungrig und erstarrt von der Kälte. Der Elefant war so kraftlos, daß er nur noch taumelte.
In einem einsamen Bergnest waren alle Fenster und Türen verrammelt. Max klopfte an und bat: »Gebt wenigstens unserem Elefanten etwas zu fressen. Sonst verhungert er uns.«
Eine Frau kam heraus und rief: »Das Riesentier wird uns den ganzen Wintervorrat wegfressen. Sollen etwa wir verhungern?« Und sie schlug ihnen die Tür vor der Nase zu.
Abends kamen sie an ein Gehöft, wo zwei alte Leute lebten. Die Frau rief: »Mann, ich glaube, draußen ist die Heilige Familie.« Sie tischte eilig Suppe auf. Der Mann brachte Heu für den Elefanten. Alle bekamen ein warmes Nachtlager.
Am anderen Tag flickte ihnen die alte Frau ihre Sachen. Max und Maria saßen dabei und sagten zueinander: »Ich mag dich.«
Doch sie mußten weiter. Der Elefant Soliman sollte ja die Türken vertreiben. Max drängte zum Aufbruch. Zum Abschied schenkte Maria der Frau ein Goldstück.
Als sie fort waren, guckten sich die alten Leute das Goldstück genau an. Auf einer Seite waren die Wappen von Spanien und Österreich. Auf der anderen Seite waren die Köpfe von Max und Maria. Die alte Frau sagte: »Mann, das war nicht die Heilige Familie. Wir haben königliche Gäste gehabt.«

In der Stadt Innsbruck wurden Max und Maria bereits sehnsüchtig erwartet. Auch dort bestaunten die Leute den Elefanten und brachten ihm Leckerbissen. Max und Maria sahen besorgt, daß er nichts fraß. Zum Glück wurde die Reise nun leichter.

Auf dem Wasser, erst auf dem Inn, dann auf der Donau, gelangten sie bis nach Wien.

König Ferdinand und die Wiener warteten stundenlang vor den Toren der Stadt. Endlich ritten ihnen Prinz Max und Prinzessin Maria auf dem Elefanten entgegen.

Die Wiener riefen begeistert: »Hoch, hoch, hoch lebe das junge Paar!« Sie freuten sich, weil sie sahen, wie lieb sich Max und Maria hatten.

Max hob die Hand und sagte: »Liebe Wiener, wir haben euch ein Geschenk mitgebracht – diesen Elefanten hier. Er heißt Soliman wie der schreckliche Türkenherrscher. Er soll die Türken verjagen, daß ihr endlich wieder Ruhe habt.«

Da hob auch König Ferdinand die Hand und antwortete: »Lieber Max, liebe Maria, die Wiener haben auch ein Geschenk für euch. Sie haben die Türken bereits selber verjagt. Aber sie freuen sich, daß es in Wien nun einen richtigen Elefanten gibt.«

Alle drängten sich heran, um das Wundertier genau zu betrachten. Sehr Mutige faßten es sogar an. Im Gewühl rutschte einer Frau der kleine Sohn aus den Armen. Sie schrie vor Schreck, denn sie meinte, nun würde ihn der Elefant zertrampeln. Aber er fischte mit seinem Rüssel den Kleinen hoch und gab ihn der Mutter zurück.

Der Jubel darauf war unbeschreiblich. Alle Wiener riefen immer wieder: »Hoch, hoch, hoch lebe der gute Elefant Soliman!«

Max und Maria zogen in ein kleines Holzschloß außerhalb von Wien.

Der Elefant Soliman lebte bei ihnen im Park. Er wurde gehegt und gepflegt und bekam das beste Futter. Trotzdem erholte er sich nicht mehr. Er blieb schwach und kränklich. Wahrscheinlich hatte ihn die

weite Reise zu sehr angestrengt. Vielleicht verzehrte er sich auch vor Einsamkeit und Heimweh nach der fernen warmen Heimat.
Zuletzt wog er kaum noch fünfundvierzig Zentner.
Nach zwei Jahren starb er.
Aus Max wurde später Kaiser Maximilian der Zweite.
Maria wurde Kaiserin. Im Lauf der Jahre bekamen sie miteinander sechzehn Kinder.
Jedem Kind schickte der König von Portugal zur Taufe ein anderes unbekanntes Tier, mal kam es aus Indien und mal aus Afrika. Er schickte einen Löwen, einen Panther, eine Giraffe, ein Dromedar, einen Paradiesvogel und viele andere Tiere. Einen Elefanten schickte er nicht wieder.
Die Wiener durften mit ihren Kindern in den Park kommen und sich die Tiere angucken. Das tun sie heute noch.

Im vorigen Jahr sind wir mit dem Auto nach Italien gefahren. Wir fuhren durch die Schweiz. Durch Tunnel und über Brücken ging es langsam bergauf in einer dunklen Schlucht. Hinter einer Kurve sahen wir einen Wegweiser am Straßenrand. Darauf stand: »Berghotel am Wasserfall. Gute Küche. Übernachtung.«
Weil es schon Abend wurde, bogen wir in der Richtung des Wegweisers ab. Bald sahen wir das Haus von weitem. Es kam uns vor wie ein weißer Felsblock zwischen kantigen Felsen.
Als wir aus dem Auto stiegen, hörten wir das Rauschen des Wasserfalls.
Er mußte ganz in der Nähe sein.
Wir waren hungrig, darum gingen wir in das Gasthaus und bestellten uns ein Abendbrot. In der Gaststube war es behaglich warm. Als wir uns umsahen, entdeckten wir über unserem Platz eine alte Fotografie an der Wand. Darauf waren die Häuser einer großen Stadt zu sehen. »New York 1896« stand auf dem Bild.
Die Wirtin brachte uns eine große Schüssel Gerstensuppe. Sie war eine alte Frau. Wir fragten sie, wie denn die Fotografie aus Amerika in ihr Gasthaus gekommen sei. »Das ist eine lange Geschichte«, sagte die Frau. Wir fragten weiter, ob sie vielleicht schon einmal in Amerika gewesen sei. »Ja«, sagte sie darauf, »aber damals war ich ein Kind. Ich bin nämlich dort geboren.« Und da wir die einzigen Gäste waren, setzte sie sich zu uns an den Tisch und erzählte:

Die Geschichte vom Wasserfall

... der Christian Pitschen Melchior Glück brachte, als dieser es schon verloren glaubte.

Dieses Haus ist schon seit Generationen ein Gasthaus. Es hat meinem Großvater gehört, dem Mathias Pitschen Melchior. Vorher hatte sein Vater dort gelebt und davor sein Großvater. Alle waren sie Gastwirte in diesem Haus.

Die Straße, die an unserem Haus vorbeiläuft, war der einzige Weg in dieser Gegend, der über die Alpen nach Italien führte. Händler mit Pferdegespannen, Postkutschen, Handwerksburschen und Leute aus dem Tal zogen über diese Straße. Kaum jemand ging vorüber, ohne einzukehren. Die Pferde wurden abgeschirrt, bekamen Wasser und Futter, und die Leute waren froh, wenn sie ihre wundgelaufenen Füße unter unserem Tisch ein wenig ausruhen konnten. Sie aßen und tranken; manche blieben über Nacht und zogen am nächsten Morgen weiter.

Immer wenn es hier sehr still war, hörte man ein Rauschen hinter dem Felsen. Einmal, als mein Vater noch ein kleiner Junge war, kam ein Mann aus dem Tal und wollte herausfinden, was es mit dem Rauschen auf sich hatte. Vergeblich hatte er nach einem Spalt in den Felsen gesucht. Es gelang ihm aber, die glatte Felswand hinaufzuklettern. Als er oben war, rief er plötzlich: »Ein Wasserfall! Ich sehe einen Wasserfall!« Dabei hatte er sich zu weit vorgebeugt und stürzte ab. Er ist nie mehr gefunden worden.

Da hat sich mein Vater, Christian Pitschen Melchior, vorgenommen, den Wasserfall zu suchen, wenn er erst einmal groß wäre. Damals ging es unserer Familie gut. Aber schon bald ist alles anders gekommen.

Nach einiger Zeit kehrten nämlich immer weniger Leute in das Gasthaus ein. Vor allem die Fuhrleute mit den großen Pferdegespannen blieben aus. »Sie bringen ihre Lasten mit der Eisenbahn über die Berge«, sagten die Händler, die weit herumgekommen waren. Als mein Vater so alt war, daß er dem Großvater einen Teil der Arbeit abnehmen konnte, war es schon sehr ruhig geworden bei uns. »An der Eisenbahn allein kann es nicht liegen«, sagte der Vater.
»Es werden neue Straßen gebaut in unserer Gegend«, erzählten die Leute aus dem Tal. Christian Pitschen Melchior war ein Mensch, der nichts glaubte, was er nicht sah. Er machte sich auf, und schon nach einem halben Tag sah er die neue Straße. Sie war breiter als alle Straßen, die er bisher gesehen hatte. Arbeiter sprengten Felsen, schütteten Böschungen auf und klopften die Steine in die Erde. Sie wohnten in Karren, die gleich neben der Baustelle standen.
»Sie bauen Straßen für die neuen Wagen, die von alleine fahren können. Diese Automobile sind viel schneller als Pferdewagen«, sagte Christian zum Großvater, als er nach Hause zurückkehrte. »Auch Kutschen werden besser auf den neuen Straßen fahren. Wer kehrt dann noch in unserem Gasthaus ein?«
Von da an wußte Christian Pitschen Melchior, daß er nicht wie sein Vater und der Großvater als Gastwirt in diesem Haus leben konnte. Sein Vater verdiente so wenig, daß er gerade sich selbst durchbringen konnte.
Als der Winter kam, ging er ins Tal hinunter, um Arbeit zu suchen. Eine richtige Arbeitsstelle fand er nicht, dafür aber fand er ein Mädchen, das er sehr liebgewann. Das war meine Mutter Therese. Sie ließen sich durch nichts abhalten und heirateten.
Nun hatten sie zwar sich, aber sie hatten kein Geld, von dem sie leben konnten. Eines Tages sagten Christian und Therese zum Großvater: »Es ist besser, wenn wir nach Amerika gehen. Wer auswandern will, bekommt von der Gemeinde Geld für die Überfahrt. Und Arbeit soll es dort für jeden geben, mit der man genug verdienen

kann.« Der Großvater konnte ihnen auch keinen anderen Rat geben, und so entschlossen sie sich, nach Amerika auszuwandern.
Es fiel ihnen schwer, von hier wegzugehen.
Nach ein paar Wochen war es soweit. Mit dem nötigsten Gepäck auf dem Rücken wanderten Christian und Therese den Berg hinunter ins Tal.
Sie fuhren zwei Tage mit der Eisenbahn bis zu einem großen Hafen am Meer. Dort lag das Schiff, das sie über den Ozean bringen sollte. Wer viel Geld für die Schiffsreise bezahlt hatte, wohnte im oberen Teil des Schiffes in bequemen Kajüten. Es gab Decks zum Spazierengehen, einen Speisesaal und sogar einen Palmengarten.
Für die Auswanderer dagegen war die Überfahrt kein Vergnügen. Tag und Nacht hörten sie den Lärm der Maschinen durch die dünnen Wände ihres Raumes, der unten im Schiff lag. Dort war es heiß und eng. Die Leute mußten auf harten Holzpritschen schlafen. Zwei Wochen dauerte die Reise. Dann kamen sie endlich in New York an.
Nach einem halben Jahr schrieb Christian Pitschen Melchior einen Brief an den Großvater:
»Lieber Vater«, schrieb er, »wir sind gesund. Leider ist nicht alles so gekommen, wie wir es erwartet haben. Nach langem Suchen habe ich Arbeit gefunden, mit der ich aber nicht viel Geld verdiene. Ich arbeite in der Markthalle. Dort schleppe ich Fleisch und Gemüse von den Lastwagen an die Stände. Therese putzt in einem Hotel die Zimmer.
Es hat lange gedauert, bis wir die Sprache der Menschen hier verstehen konnten. Jetzt haben wir so viel gelernt, daß wir uns verständigen können. Trotzdem ist uns alles sehr fremd. In Amerika ist es ganz anders als zu Hause in den Bergen. Ich hätte nie geglaubt, daß so viele Menschen in einer einzigen Stadt leben können wie hier in New York. Es gibt riesige Häuser, die sind höher als die Felsen daheim. Wir haben oft großes Heimweh. Vielleicht wird es besser, wenn erst unser Kind da ist. Bleibe gesund, lieber Vater.

FACTORY

Es grüßen Dich aus der Ferne Deine treuen Kinder Christian und Therese.«

Die nächsten Jahre wurden schwer für meine Eltern. Mein Bruder, der Andi, wurde geboren, und ein Jahr später kam ich zur Welt. Als auch noch der Hans da war, wußte meine Mutter oft nicht, wovon sie das Nötigste zu essen kaufen sollte.

Meine Eltern erzählten uns oft vom Großvater, von unserem Haus in der Schweiz, von der alten Paßstraße, die dort vorbeiführt, und vom Wasserfall, den man nicht sehen konnte.

Im Sommer, als ich sechs Jahre alt war, traf mein Vater eines Tages einen Mann aus der Schweiz, der als Kellner in einem Hotel arbeitete. Er nahm meinen Vater mit und brachte ihn zu einem reichen Engländer, einem Mister Grambackel. Der wollte eine Reise durch Amerika machen, und dafür suchte er einen Diener. Ohne langes Reden wurde mein Vater für die Reise eingestellt. Er bekam sogar einen Teil seines Lohnes im voraus bezahlt.

Sie fuhren mit der Eisenbahn quer durch Amerika. Mein Vater schleppte das Gepäck, zwei schwere Koffer und ein längliches, verschnürtes Paket, von dem Mister Grambackel sagte, daß es besonders vorsichtig getragen werden müsse.

Sie kamen auch an den Niagara-Wasserfall. Dort öffneten sie das Paket, und heraus kam ein großer Fotoapparat, der auf einem langen Holzgestell befestigt war. Mister Grambackels Kopf verschwand hinter einem Tuch, und er fotografierte den ganzen Tag über.

Der Wasserfall war gewaltig. Das Wasser toste und rauschte. Es stürzte tief nach unten. Wasserwolken sprühten empor. Mein Vater stand und staunte. Er war begeistert. Er dachte an den Wasserfall in seiner Heimat, den man nicht sehen konnte. Neben dem Wasserfall waren Schilderwände und Verkaufsbuden aufgestellt. Viele Leute drängten sich dort. Sie kauften Postkarten, Getränke und Andenken. Sie hatten alle eine weite Reise gemacht, um den Wasserfall zu sehen.

Nachdem mein Vater zurückgekommen war, sprach er oft von diesem Wasserfall. »Stellt euch vor«, sagte er zu uns, »wenn zu unserem Wasserfall in der Schweiz ein Weg hinführen würde, dann könnten wir dort leben. Durch den Wasserfall würden wir so viel Geld verdienen, daß es uns gutginge.«
»Warum?« fragte Andi. »Das versteh ich nicht.«
»Unser Haus könnte wieder ein Gasthaus sein. Von überall her kämen die Leute, um den Wasserfall zu sehen. Sie würden bei uns einkehren und vielleicht sogar übernachten.«
Aber meine Mutter lachte. »Und wie willst du die Reise für uns alle bezahlen? Laß uns daran denken, wie wir hier durchkommen!«
Mit der Zeit sprachen die Eltern immer seltener von der Schweiz und vom Wasserfall. Dann kam ein Brief vom Großvater.
»Liebe Kinder«, schrieb er, »ich bin nun alt geworden. Es fällt mir schwer, die Leute, die noch manchmal bei mir einkehren, zu bewirten. Ich werde bald zu meiner Schwester ins Tal hinunterziehen müssen. Dann wohnt hier oben niemand mehr, und das alte Haus verfällt. Es grüßt Euch herzlich – Euer Vater.«
Als wir den Brief gelesen hatten, wurden wir sehr traurig. Mein Vater sprach tagelang kaum ein Wort.
Eines Abends saßen wir alle am Küchentisch. Da sagte mein Vater: »Ich will nicht, daß wir unser Haus verlieren. Immer haben dort nur Pitschen Melchiors gelebt. Mutter und ich haben es lange überlegt. Wir gehen zurück. Wir werden es schwer haben. Aber schließlich war es auch hier nicht leicht.«
Meine Mutter nickte. »Ich gehe wieder arbeiten«, sagte sie, »dann werden wir das Geld für die Überfahrt schon zusammensparen.«
Und wirklich: Mutter bügelte Hemden in einer Wäscherei. Vater arbeitete oft auch die halbe Nacht in den Markthallen. Wir Kinder versuchten, unseren Eltern zu helfen. Andi, der schon zehn Jahre alt war, verdiente manchen Dollar hinzu, wenn er Zeitungen austrug. Ich habe damals manchmal für alle das Essen gekocht. Trotzdem

dauerte es länger als ein Jahr, bis wir das Geld für die Überfahrt zusammenhatten. Denn diesmal half uns niemand.
Endlich war es soweit. Uns Kindern war schon ein bißchen seltsam zumute, als wir vom Schiff aus die Hochhäuser von New York langsam verschwinden sahen. Wir hatten nie woanders gelebt.
Zwei lange Wochen sahen wir nichts als Wasser. Dann stiegen wir mit Sack und Pack in die Eisenbahn. Am Morgen des zweiten Tages sahen wir die Berge. Sie waren höher und schöner als die Häuser in New York. Mittags waren wir da. Das letzte Stück mußten wir auf der alten Straße zu Fuß hinaufsteigen. Endlich standen wir vor dem Haus des Großvaters. Er umarmte uns und freute sich, daß wir wirklich gekommen waren. Viel hatten wir schon gehört vom Haus und von den Bergen. Jetzt wollten wir alles selber entdecken.
Meine Eltern besserten zuerst das Haus aus, so gut sie konnten. Vater flickte das Dach und dichtete die Fenster. Mutter putzte und

richtete die Betten in den alten Gastzimmern. Wir Kinder hüteten die zwei Ziegen vom Großvater und fütterten die Hühner.
Nach einiger Zeit fand mein Vater Arbeit im Dorf. Abends saßen wir oft zusammen vor dem Haus. Wir staunten, wie still es war in den Bergen, ganz anders als in der großen Stadt New York.
Und einmal griff mich mein Vater plötzlich am Arm. »Der Wasserfall«, sagte er, »hörst du den Wasserfall rauschen?« Wirklich, nicht sehr laut, aber ständig hörte man das Rauschen des Wassers. Vater war ganz aufgeregt. »Wir werden ihn freilegen«, sagte er. »Damit ihn alle sehen können. Der Wasserfall soll uns helfen, hier ohne Not zu leben.«
Der Wasserfall! Tagelang sprachen wir mit dem Großvater darüber. Der meinte nur immer wieder: »Der Felsen ist so dick, der läßt sich durch nichts zur Seite bewegen.«
Aber mein Vater fing an, einen Weg zu bahnen. Wir Kinder halfen mit. Wir schleppten die großen Steine beiseite, bis wir vor der glatten Felswand standen.
»Gebt es auf«, sagte der Großvater, »ihr schafft es nicht.« Mit dem Handbohrer versuchte mein Vater weiterzukommen. Man sah nach ein paar Tagen kaum, was wir geschafft hatten.
Wir arbeiteten den ganzen Sommer über. Trotzdem konnten wir nicht mehr sehen als eine kleine Spalte in dem riesigen Felsen.
Im Winter merkte mein Vater, daß der Frost den Felsen brüchig machte. Er kaufte Sprengstoff unten im Tal. Mit der Spitzhacke schlug er Löcher in die Felsen. Er legte den Sprengstoff hinein. Es gab eine krachende Explosion. Steine prasselten zu Boden. Das Echo brachte den Donner mehrmals zurück. Aber nur wenig Gestein hatte sich aus dem Felsen gelöst. Trotzdem war schon der Anfang des Tunnels im Felsen zu sehen.
Doch bald hatten wir kein Geld mehr, um neuen Sprengstoff zu kaufen.
Als es Sommer wurde, zogen wir ins Tal. Dort fanden wir eine kleine

Wohnung. Vater und Mutter arbeiteten in der Fabrik. Im Winter gingen wir zurück zum Großvater. Wieder versuchten wir, durch den Fels zum Wasserfall zu kommen. Aber vergeblich. Die Leute im Tal schüttelten den Kopf über uns. Auch der Großvater wurde ungeduldig. Er glaubte nicht mehr daran, daß er den Wasserfall noch einmal sehen würde.

Nur mein Vater gab niemals auf. »Wir werden es schaffen«, sagte er. So vergingen Sommer und Winter, sieben lange Jahre. Achttausend Sprengladungen hatte mein Vater gezündet. Dann hatten wir es endlich geschafft.

Eine letzte Sprengladung explodierte, und wir hörten, wie die Steine auf der anderen Seite des Felsens ins Wasser fielen. Wir rannten durch den Tunnel. Da sahen wir das schäumende Wasser! Es stürzte von hoch oben in die Tiefe, es rauschte und donnerte. Zuerst standen wir stumm davor, dann umarmten wir uns und sprangen vor Freude herum und versuchten, das Getöse zu übertönen.

Bald kamen die ersten Leute aus dem Tal, um unseren Wasserfall zu sehen. Staunend sahen sie den Gang im Fels. Es sprach sich schnell in der Gegend herum, daß unser Gasthaus nun etwas Besonderes war. Es hatte einen Wasserfall. Da kamen die Leute von weit her, um ihn zu sehen. Sie kehrten ein, aßen und tranken, und viele blieben auch über Nacht. Einige kamen sogar aus Amerika.

Seit dieser Zeit ist es der Familie Pitschen Melchior wieder gutgegangen. Viele, die in diese Gegend kommen, machen hier Rast. Sie zahlen gern einen Franken, um über den Steg und durch den Fels hinunterzugehen und den Wasserfall zu sehen. So groß wie der in Amerika ist unser Wasserfall nicht. Aber er ist groß genug, um den Pitschen Melchiors Glück zu bringen.

Die Reise mit der Jolle

Dies ist lange her. Sehr, sehr lange. Damals, vor dreihundert Jahren, gab es weder Autos noch Flugzeuge. Es gab weder Fernsehen oder Radio noch Telefon. Es gab auch kein elektrisches Licht und kein Wasser aus der Leitung.

Fast alle Leute auf der Insel Norderney lebten vom Fischfang. Das war ein hartes und gefährliches Leben. Die Männer segelten bei Wind und Wetter in ihren Schaluppen auf das Meer hinaus. Manch einer kam nicht zurück. Dann war es für seine Witwe schwer, sich und die Kinder allein durchzubringen.

Als Jan Johan Jansen im Frühjahr 1686 für immer draußen blieb, war sein Sohn Lütt Johan gerade elf Jahre. Er sagte zu seiner Mutter und zu seiner kleinen Schwester Annecke: »Ich sorg für euch.«

Lütt Johan half den Fischern.

Wenn die Schaluppen einliefen, zerrte er die Netze an den Strand. Er klaubte die Fische heraus und warf sie in Körbe; jede Sorte in einen anderen. Ein paar kleine Fische durfte er behalten.

Das reichte für die Fischsuppe.

Wenn die Fischer wieder ausfahren wollten, ruderte Lütt Johan sie in der Jolle zu den Schaluppen, die im tieferen Wasser ankerten.

Dann bettelte Lütt Johan: »Nehmt mich doch mit.«

Aber die Fischer schüttelten den Kopf. Beim Fischen brauchte man kräftige Fäuste. Lütt Johan hatte Kinderhände.

»Fisch mit der Jolle«, sagte einer aus Spaß.

Lütt Johan hatte einen Freund. Der hieß Willem und war sehr schlau. Als Lütt Johan ihm erzählte, was der Fischer gesagt hatte,

meinte Willem: »Zeig ihnen doch, daß du mit der Jolle fischen kannst. Vielleicht nehmen sie dich dann mit.«
Und er half Lütt Johan, aus der Jolle ein Fischerboot zu machen.
Im Schuppen fanden sie alte Netze von Lütt Johans Vater. Auf dem Dachboden lag ein Faß, das war gut für den Fang. Am Strand hatte der Sturm einen halben Mast angetrieben. Von irgendwoher brachte Willem ein Stück Segel und Takelzeug.
Ohne Willem hätte Lütt Johan das alles nie geschafft.
»Dafür will ich auch mit«, sagte Willem.

Im Morgengrauen des einundzwanzigsten Oktober hörte Annecke, wie Lütt Johan aus dem Haus schlich. Da schlüpfte sie in ihre Schuhe und lief ihm nach. Sie sah, wie Lütt Johan und Willem die Jolle ins Wasser schoben, hineinstiegen und das Segel setzten. Schnell kletterte sie hinterher. Der Wind trieb die Jolle vom Strand fort. »Wir reisen nach Jerusalem, wer kommt mit?« sang Annecke. Lütt Johan drehte sich um. Er sah, daß noch jemand an Bord war. Umkehren konnten sie nicht. Erst in sechs Stunden würde die Flut sie zurückbringen.

Lütt Johan sagte zu Annecke: »Sitz still und halt den Mund.«
Die Wellen hoben und senkten die Jolle. Wenn eine Welle spritzte, zappelte Annecke.
Nach einer Weile holte Lütt Johan das Segel ein. Willem warf das Netz ins Wasser und machte es am Bootsrand fest. Dann warteten sie ab. Nach einer Stunde zogen sie das Netz hoch. Sie hatten sieben Fische gefangen, drei große und vier kleine. Außerdem einen Krebs.
»Ich hab Hunger«, sagte Annecke.
Lütt Johan und Willem hatten jetzt keine Zeit. Sie schlugen die Fische mit dem Kopf gegen die Planken und steckten sie ins Faß. Das klemmten sie unter der Sitzbank fest. Mit dem Krebs neckten sie Annecke. Dabei fiel er ins Wasser und versank.
Annecke maulte: »Ich will zurück.«
»Jetzt kehren wir um«, sagte Lütt Johan.
Lütt Johan und Willem wollten die Jolle wenden.
Der Wind kam nun von Nordosten und war viel stärker geworden. Er zerrte ihnen die Leinen aus der Hand. Das Segel löste sich, dann riß es sich los. Sie konnten die Jolle nicht mehr steuern.
Der Wind wurde zum Sturm. Er trieb die Jolle zwei Tage und zwei Nächte vor sich her. Die Kinder banden sich mit dem Netz an der Sitzbank fest. Die Wellen schlugen über sie hinweg. Sie froren.
Als sie Hunger bekamen, aßen sie die rohen Fische. Aber sie hatten nichts gegen den Durst.
Um sich Mut zu machen, sangen sie. Manchmal verloren sie den Mut und weinten. Einmal lachten sie sogar, als Lütt Johan sagte: »Paßt auf, wir landen in Afrika. Wir bringen keine Fische, sondern Kokosnüsse heim.«
Immer wieder schliefen sie erschöpft ein.
In der zweiten Nacht legte sich der Sturm.
Als die Sonne aufging, schaukelte die Jolle sanft auf den Wellen.
Lütt Johan, Willem und Annecke schliefen. Sie merkten nicht, daß sie von einem Schiff aus entdeckt wurden. Sie merkten nicht, daß

man sie dorthin an Bord brachte. Sie schliefen auf den Schiffsplanken weiter. Die Seeleute umringten sie.
Ein Seemann rief: »Das sind ja Kinder!«
»Ganz allein mitten auf dem Meer!« rief ein anderer.
Erst am nächsten Tag wachten Lütt Johan, Willem und Annecke auf. Sie lagen warm eingepackt in den Kojen. Nun bekamen sie zu essen und zu trinken. Sie wurden in Kleider gesteckt, die zu weit und zu groß waren. Ihre eigenen Sachen waren nur noch Fetzen.
Immer wieder mußten sie berichten, wie sie in der kleinen Jolle dem Sturm entkommen waren.
Die Seeleute schüttelten den Kopf: »Es ist ein Wunder.«
»Wo ist die Jolle?« fragte Lütt Johan.
»Wohlbehalten an Bord«, sagte der Kapitän.
Nach drei Tagen hatten sich Lütt Johan, Willem und Annecke erholt. Sie liefen überall auf dem Schiff herum. Bald kannten sie jeden Winkel. Es war ein Dreimaster, der Weizen von Danzig nach Holland brachte.
Annecke durfte sogar einmal das Steuerrad drehen.
Lütt Johan und Willem machten es den Seeleuten nach. Sie kletterten in den Wanten bis hoch auf den Mastbaum.
»Land in Sicht!« riefen sie.
Sie blieben oben sitzen, bis das Schiff in den Hafen einlief.
Der Kapitän ließ die Jolle an Land schaffen. Dann mußten sie Abschied nehmen, denn das Schiff segelte weiter nach Spanien.
Als die Leute in Amsterdam die Geschichte von Lütt Johan, Willem und Annecke hörten, sagten sie: »Die armen Kinder.«
Einer ging mit dem Hut in der Hand herum. Alle warfen Geld hinein. Das bekam Lütt Johan.
Er zählte es und sagte: »Wir haben elf Gulden.«
»Hurra, wir sind reich!« rief Willem, und Annecke hüpfte vor Freude.
Eine ganze Weile fuhren Lütt Johan, Willem und Annecke mit der

Jolle in Amsterdam herum. Das ging gut, denn viele Straßen dort waren Kanäle. Sie staunten über die hohen Häuser und über die vielen Menschen.
»Hier bleib ich«, sagte Willem.
»Nein, wir müssen nach Haus«, drängte Lütt Johan.
»Wir haben Geld, wir fahren mit der Kutsche!« rief Annecke.
Davon wollte Lütt Johan nichts wissen. Er wollte auch die Jolle nach Hause bringen. Nur dann würden die Fischer einsehen, daß er kräftig und zuverlässig genug war, um ebenfalls ein Fischer zu sein.
»Der Wind bläst immer noch von Nordost. Auf dem Wasser kommen wir niemals zurück«, sagte der schlaue Willem.
Lütt Johan hatte einen Dickschädel. Wenn er die Jolle nicht über das Meer heimbringen konnte, würde er es eben über Land tun.
Ein Fuhrmann, der Leinwand aus Enschede nach Amsterdam gebracht hatte, nahm sie für fünf Gulden mit. Er lud die Jolle auf sein Fuhrwerk. Annecke durfte neben ihm auf dem Bock sitzen. Lütt Johan und Willem mußten schieben, denn die Räder blieben oft im Morast stecken.
Kurz vor Enschede brach eine Achse. Der Fuhrmann fluchte. Er warf die Jolle von seiner Karre und fuhr mit schiefen Rädern davon.
Lütt Johan und Willem wollten die Jolle tragen, aber sie war viel zu schwer. Sie lag kieloben auf einem Rübenacker und ließ sich nicht bewegen.
Da krochen Lütt Johan, Willem und Annecke unter die Jolle. Sie hockten nebeneinander, kauten Rüben und wußten nicht weiter.
Draußen peitschte der Regen gegen das Holz.
Nach einer Weile klopfte es.
Lütt Johan, Willem und Annecke steckten die Köpfe heraus. Vor ihnen stand ein alter Mann. Auf seinem krummen Buckel schleppte er ein Bündel Holzknüppel.
»Wartet ihr hier auf die Sintflut?« fragte er.
Lütt Johan kroch nach draußen. Er erzählte, woher sie kamen und

wohin sie wollten. Er fragte den Alten nach dem Weg, denn vor ihnen gabelte sich die Straße in drei Richtungen.
Der Alte kratzte sich am Kopf. Er sagte: »Soviel ich weiß, liegt das Meer im Norden. Dorthin führt der linke Weg. Aber gebt acht, daß ihr nicht vorher ins Moor geratet.« Dann warf er ihnen ein paar Holzknüppel hin: »Darauf könnt ihr euer Boot rollen.«
Sie stopften sich die Taschen voll Rüben. Dann machten sie sich auf den Weg. Die Knüppel rollten unter der Jolle, wenn sie tüchtig schoben. Annecke mußte den letzten Knüppel aufheben, wenn die Jolle darüber hinweggerollt war. Sie mußte ihn nach vorn tragen und dort wieder unter die Jolle schieben.
Solange der Weg fest war, kamen sie gut voran. Oft blieben sie aber im Schlamm stecken. Dann mußten sie ziehen und zerren, bis sie Blasen an den Händen hatten.
Gegen Abend fanden sie eine Scheune. Sie krochen ins Stroh.
Die ganze Nacht hindurch goß es. Der Regen kam durch das Dach. Sie waren naß und froren.
Am Morgen sagte Willem: »Ich mach nicht mehr mit. Ich geh ohne Jolle nach Hause.«
»Ich auch«, sagte Annecke und lief hinter ihm her.
Von draußen riefen sie: »Komm, Lütt Johan, komm schnell!«
Der Himmel war klar. Und alle Wiesen waren überschwemmt. Die Jolle schaukelte auf dem Wasser. Sie sprangen hinein. Mit den Knüppeln stakten sie davon, immer nach Norden.
Das Wasser war nicht tief. Oft saß die Jolle fest. Dann sprangen Lütt Johan und Willem hinaus und schoben, bis sie wieder schwamm.
»Ich hab Hunger«, sagte Annecke. Die Rüben waren alle.
Auf einer Grasinsel stand eine Kuh. Lütt Johan watete hin. Er molk seinen Hut voll Milch. »Trinkt schnell, ehe sie ausläuft!« rief er. Dann stakten sie weiter.
Am Nachmittag geschah ein Unglück.
Wieder einmal blieb die Jolle stecken. Diesmal sprang Willem zuerst

ins Wasser. Sonst war er höchstens bis zu den Knien naß geworden. Jetzt versank er bis zum Gürtel. Und er sank immer tiefer. Seine Füße fanden keinen Grund mehr.
»Hilfe, Hilfe!« schrie Willem.
Da sprang Lütt Johan hinterher. Ihm ging es nicht besser. Bald strampelte er ebenso hilflos. »Wir stecken im Moor«, keuchte er. Annecke hielt ihnen einen Knüppel hin. Den konnten sie packen und sich zur Jolle ziehen. Dort klammerten sie sich an den Rand. Ganz, ganz langsam zogen sie sich hoch. Mit letzter Kraft fielen sie in die Jolle, erst Willem, dann Lütt Johan. Da lagen sie, rabenschwarz, naß und voller Schlamm. »Schnell weg von hier«, rief Annecke. Sie stakte, was sie nur konnte. Kurz darauf glitt die Jolle in einen kleinen Kanal. So ließen sie das Moor hinter sich.

Unter einem großen Baum ruhten sie aus und trockneten ihre Kleider. Sie hatten Hunger.
Willem sagte: »Dort ist ein Hof. Vielleicht bekommen wir dort was zu essen für unser Geld.«
Lütt Johan suchte in seinen Taschen. Da merkte er, daß die Gulden im Moor versunken waren.
»Alles geht schief«, schimpfte Willem. Er hockte sich neben Annekke in die Jolle. Beide sahen Lütt Johan nicht mehr an.
Plötzlich entdeckte Lütt Johan einen Fuchs. Der hatte ein zappelndes Huhn im Maul, das hatte er auf dem Hof gestohlen.
Was der Fuchs kann, kann ich auch, dachte Lütt Johan.
Als es dunkel war und die anderen schliefen, machte er sich auf. Er kletterte über den Zaun und stieg durch eine Luke in das Haus. Aus der Räucherkammer nahm er eine Wurst und eine Speckseite mit. In der Küche ergatterte er einen Laib Brot.
Als er wieder aus der Luke sprang, witterte ihn der Hund. Lütt Johan rannte, so schnell er konnte. Der Hund war dicht hinter ihm.
Schon folgten mit Geschrei der Bauer, die Bäuerin, der Knecht und die Magd. Lütt Johan sprang in die Jolle. Er stieß den Hund zurück. Ganz von allein glitt die Jolle davon. Sie schaukelte, sie drehte sich, sie wurde immer schneller...
Lütt Johan rief: »Wacht auf! Wir sind auf dem Fluß! Es gibt was zu essen!«
Der Fluß zog in großen Bogen durch Wiesen, Felder und Wälder, an Dörfern vorbei, unter Brücken hindurch. Er nahm die Jolle mit. Lütt Johan und Willem brauchten nur zu lenken und hin und wieder vom Ufer abzustoßen. Sie saßen faul im Boot. Die Blasen an ihren Händen verheilten.
Manchmal nahmen sie jemanden ein Stück mit. Dann erzählten sie ihre Geschichte. Sie bekamen zu essen und zu trinken. Immer fand sich ein Nachtlager. Wenn sie weiterfuhren, winkten sie den Leuten, die am Ufer standen und ihnen nachsahen.

Aus Übermut winkten sie den Kühen und den Schweinen.
Annecke winkte sogar einer Möwe. »Flieg nach Hause. Sag, daß wir kommen!«
»Wo Möwen fliegen, ist das Meer nicht weit«, sagte der schlaue Willem.
Die Strömung brachte sie auf das Meer hinaus. In der Ferne tauchte ihre Insel auf. Bald erkannten sie die Häuser, die Kirche und die Schaluppen. Willem sagte: »Wir müssen hinkommen, solange Ebbe ist. Bei Flut treibt es uns zum Festland zurück.« Doch sie schafften es nicht. Das Wasser verlief sich. Die Jolle blieb im Schlick stecken.
Bald reichte das Watt bis zur Insel.
»Kommt, wir laufen hin!« rief Willem. Er sprang aus der Jolle.
Annecke sprang hinterher.
Lütt Johan sagte: »Geht nur, ich bleibe bei der Jolle.«
Da kamen Willem und Annecke zurück.
»Wir bleiben bei dir«, sagten sie.
Nach vielen Stunden kam das Wasser wieder. Es hob die Jolle an und trieb sie von der Insel fort auf das Festland zu.
Lütt Johan, Willem und Annecke stakten, was sie nur konnten.
Gegen die Flut kamen sie nicht an.
Verzweifelt sagte Lütt Johan: »Wir werden die Jolle nie heimbringen. Bei Ebbe bleibt sie stecken, bei Flut wird sie abgetrieben.«
Fast hätte er geweint wie Annecke.

Hinter ihnen kreuzte eine Schaluppe auf. Ihr Segel hatte einen roten Flicken. Willem verkroch sich unter der Sitzbank.
»Auwei«, rief er, »das ist mein Vater!«
Niemand auf der Insel glaubte zu dieser Zeit mehr an ihre Rückkehr.
Die Mutter von Lütt Johan und Annecke weinte Tag und Nacht.
Die Mutter von Willem weinte auch. Aber sie drohte zugleich, daß sie Willem verdreschen würde, falls sie ihn je lebend wiederbekäme.
Alle hatten die Hoffnung fast aufgegeben. Am kommenden Sonntag wollte man die Totenglocken läuten.
Doch mit einemmal läuteten am Donnerstag die Glocken.
Aus allen Häusern rannten die Leute hinunter zum Strand. Dort sahen sie, wie die Schaluppe mit dem geflickten Segel näher kam.
Hinter sich her zog sie eine Jolle. Darin saßen Lütt Johan, Willem und Annecke.
Vor Freude läuteten die Glocken den ganzen Tag.
Von nun an durfte Lütt Johan mit den Fischern hinausfahren. Der Vater von Willem nahm ihn als Schiffsjunge auf seine Schaluppe.
Er sagte: »Lütt Johan hat gezeigt, daß er zupacken kann und daß er besonnen und zuverlässig ist. Er wird ein guter Fischer werden.«
So kam es, daß Lütt Johan, der damals erst elf Jahre alt war, seine Mutter, seine kleine Schwester Annecke und sich allein ernähren konnte.
Dies ist lange her. Sehr, sehr lange.

H

Allerlei von großen und kleinen Leuten

Die Geschichte von Elsie

Nur ein einziges Mal versuchte Elsie, genauso Pipi zu machen wie ihre fünf Brüder. Das ging leider schief.

Am Samstag hatte Mutter den Badeofen angeheizt. Vor dem Kaffeetrinken sollten alle Kinder baden. Zuerst Jörg und Uli, die beiden Großen. Danach Veit, Tin und Stefan zusammen. Zuletzt Elsie allein.

Aber allein baden macht keinen Spaß.

Nachdem Mutter weg war, kletterten alle sechs zusammen in die Wanne. Sie paßten alle hinein, obwohl es etwas eng war. Es platschte mächtig. Bald schwamm fast alles Wasser aus der Wanne auf dem Fußboden.

Gemeinsam baden macht tollen Spaß.

Mutter hämmerte gegen die Tür. »Beeilt euch. Vater will Kaffee trinken!«

Es war etwas schwierig, wieder aus der Wanne herauszukommen. Als es alle geschafft hatten, trockneten sie sich ab. Dann rannten sie den Gang entlang schnell noch einmal aufs Klo. Jörg, der Älteste, stellte sich oben auf den Brillenrand. Das machten ihm alle nach. Alle, nur Elsie nicht.

Tin sagte: »Sie hat Angst, daß sie umkippt.«

»Sie ist eben ein Weib«, sagte Veit.

Stefan, der Kleinste, rief: »Elsie traut sich nicht.«

Ein Mädchen mit fünf Brüdern traut sich allerlei. Elsie stieg auf den Rand. Sie stellte sich genauso hin wie die Buben.

»Guckt weg, sonst geht es nicht!« sagte sie.

Alle mußten lachen. Elsie lachte am meisten. Dabei rutschte sie aus und fuhr mit beiden Beinen in die Kloschüssel.
Nun war das kein gewöhnliches Klo. Alles an diesem Haus war uralt. Die Kloschüssel war ein Trichter, der an der Hausmauer draußen in ein Rohr überging. Das Rohr endete offen über einer Grube.
Elsie steckte also bis zu den Hüften in diesem Trichter. Jörg, der groß und kräftig war, wollte sie wieder herausziehen. Aber Elsie steckte so fest, daß er sie nicht einen Zentimeter hoch bekam.
Der kleine Stefan lief durch das Haus. Er schrie: »Elsie ist ins Klo gerutscht!«
Mutter kam aus der Küche und fuhr Stefan an: »Warum bist du noch nicht angezogen?«
»Niemand ist angezogen, Elsie schon gar nicht«, sagte Stefan.
Mutter rannte los, um alle zu suchen. Sie fand Elsie. »Das darf doch nicht wahr sein!« rief sie. Sie wollte Elsie an den Armen hochzerren.
Elsie rührte sich nicht von der Stelle.
Stefan sagte: »Die muß jetzt immer da drin bleiben.«
»Unsinn«, sagte Mutter. »Zieht euch endlich an. Und bringt mir etwas Warmes für Elsie.«
Vater saß seit einiger Zeit am gedeckten Tisch. Er wartete. Als es ihm zu dumm wurde, stand er auf. Er ging hinaus auf den Gang und rief: »Hallo, wo steckt ihr?«
»Elsie steckt im Klo«, sagte der kleine Stefan.
Vater fand Mutter, als sie Elsie einen dicken Schal um den Hals wickelte. Elsie hatte drei Pullover übereinander an. Sie wimmerte: »Mir ist so kalt. Ich friere.«
»Dann komm raus da«, sagte Vater.
»Sie kann nicht«, sagte Mutter.
Vater spuckte in die Hände und meinte:
»Das werden wir gleich sehen.« Zu Elsie sagte er: »Mach dich mal ganz dünn.« Dann packte er sie und wollte sie mit einem kräftigen Ruck nach oben ziehen. Doch Elsie steckte fest.

Nun war auch Vater ratlos.
Elsie tat allen leid. Sie weinte und klapperte dabei mit den Zähnen. Mutter deckte eine Wolldecke über sie. Jetzt sah man Elsie kaum noch. Man hörte nur, wie sie klagte: »Oben ist mir viel zu warm. Aber unten ist mir kalt. Meine Beine sind aus Eis.«
»Meine Güte, wir müssen etwas unternehmen«, rief Mutter. Das Rohr, in dem Elsies Beine steckten, war offen. Und draußen war scharfer Frost.
Vater rannte zum Telefon.
Erst versuchte er den Klempner und dann den Autoschlosser zu erreichen. Bei beiden meldete sich niemand. Sie hatten das Telefon in der Werkstatt und waren längst nach Hause gegangen.
Vater sagte zu Jörg: »Lauf und hol den Klempner. Erklär ihm alles genau, damit er das passende Werkzeug mitbringt.« Zu Uli sagte er: »Und du holst den Autoschlosser. Los, beeilt euch.«
Jörg und Uli liefen ins Dorf, so schnell sie konnten. Weil Elsie immer lauter schrie, rannten alle kopflos umher.
Vater kramte in seiner Werkstatt. Er suchte einen Schraubenschlüssel. Damit wollte er die großen Schrauben abnehmen, die den Trichter am Rohr festhielten.
Der kleine Stefan tröstete Elsie. »Vater schraubt dich ab. Dann tragen wir dich ins Zimmer und trinken Kaffee.«
Aber das war kein Trost für Elsie.
Mutter brachte einen Topf voll heißer Milch. An der verbrannte sich Elsie die Zunge. Sie zappelte, so gut sie zappeln konnte. Plötzlich rief sie: »Au, von unten wird es ganz heiß. Meine Beine verbrennen.«
Mutter sagte: »Nun phantasiert das arme Kind auch noch.«
Aber Elsie phantasierte nicht.
Auch Tin und Veit wollten Elsie helfen. Sie waren in den Garten gelaufen. Dort hatten sie ein Blech auf die Grube gelegt, über der das Rohr endete.

Auf dem Blech hatten sie Reisig gehäuft und angezündet. Das Feuer brannte lichterloh. Der heiße Qualm zog durch das Rohr nach oben bis an Elsies Füße.
Vater hatte gerade den richtigen Schraubenschlüssel gefunden, als er den Feuerschein sah. Er rannte hinaus. »Seid ihr von Sinnen!« rief er und trampelte das Feuer aus.
Dann zerrte er das Blech von der Grube. Tin stand am Rand und wäre fast hineingestürzt. Vater erwischte ihn noch, dafür versank der Schraubenschlüssel.
Vater lief in die Werkstatt zurück. Er packte den größten Hammer. »Macht Platz!« rief er und holte aus. Er wollte das Klo zertrümmern. Mutter hatte Angst um Elsie. Sie hängte sich an Vaters Arm, und Vater schlug daneben. Das Becken bekam nicht einmal einen Sprung.
Inzwischen war Uli mit dem Autoschlosser erschienen. Der hatte seinen Abschleppkran an den Kombi gehängt. Er wies darauf und sagte: »Wie ich die Lage verstanden habe, hilft nur noch Gewalt. Ich werde mit dem Kran das Rohr herunterholen. Dann kommen wir von unten an Elsie heran.«
Fast gleichzeitig erreichten Jörg und der Klempner das Haus. Sie schleppten Werkzeug, Schläuche und eine Preßluftflasche. Der Klempner schnaufte: »Ich muß das Rohr aufschweißen und den Trichter in seine Teile zerlegen. Nur so kann ich Elsie retten.«
Der Klempner und der Autoschlosser gerieten sofort miteinander in Streit, denn jeder hielt seinen eigenen Plan für den besten.
Mutter jammerte: »Sie werden uns das ganze Haus zerstören. Gibt es denn keinen anderen Weg?«
Niemand merkte, daß Stefan zu Elsie lief.
Er nahm den Hammer auf und fragte: »Soll ich?«
Elsie kniff die Augen zu. Sie flüsterte: »Es ist alles egal. Schlag nur zu.«
Stefan war zwar der Kleinste, aber er hatte Kraft. Er schwang den

Hammer über den Kopf, schlug und traf genau. Das Becken zersprang. Elsie kletterte heraus wie das Küken aus der Eierschale. Alle waren mächtig stolz auf Stefan.
Das Wasser im Badeofen war noch heiß. Elsie wurde wieder in die Wanne gesteckt. Sie jammerte etwas, weil ihre Füße kribbelten. Aber das war bald vergessen, und Elsie rief: »Jetzt können wir endlich Kaffee trinken!«
Draußen standen der Klempner und der Autoschlosser. Sie machten mürrische Gesichter. Es paßte ihnen gar nicht, daß der kleine Stefan alles erledigt hatte. Wenn Handwerker Feierabend haben, möchten sie nicht umsonst geholt werden. Weil sie nun mal da waren und Zeit hatten, probierten sie Mutters guten Topfkuchen. Danach waren sie versöhnt. Der Klempner versprach sogar: »Gleich Montag bring ich eine neue Kloschüssel.«
Übrigens – Elsie hat nie wieder Pipi gemacht wie ihre fünf Brüder.

Die Geschichte vom Schneemann

Die Frühlingsgeschichte

Es waren einmal ein Mann und eine Frau.
Die saßen an einem Frühlingsnachmittag im Zimmer, tranken Kaffee und aßen Käsekuchen.
Der Himmel war blau, die Sonne schien, und die Vögel zwitscherten.
»Wie schön haben wir es miteinander«, sagte der Mann.
»Gewiß«, sagte die Frau, »es ist nur jammerschade, wie schmutzig die Zimmerdecke über Winter geworden ist. Das liegt am Ofenrohr. Du hast es im Herbst nicht gereinigt, obwohl ich dich zigmal darum gebeten habe. Auch die Gardinen sind mitgenommen, vom Sofa will ich nicht reden, und wenn ich den Teppich ansehe, könnte ich weinen.«
Der Mann goß sich Kaffee ein, nahm noch einmal vom Kuchen, sah hinaus in den Himmel und war glücklich und zufrieden.
»Es wäre eine Kleinigkeit für uns«, fuhr die Frau fort, »alles wieder nett und adrett zu machen. Während ich die Gardinen wasche, das Sofa mit Schaum abreibe und den Teppich klopfe, brauchtest du nur die Decke zu streichen und das Ofenrohr zu fegen.«
Ehe der Mann seinen Kaffee und seinen Kuchen aufessen konnte, hatte sie die Gardinen bereits abgenommen und in die Waschmaschine gesteckt. Ein Zimmer ohne Gardinen ist kahl und ungemütlich.
Der Mann war nicht mehr allzu glücklich und zufrieden. »Wenn du dich sofort aufmachst und die Farbe holst, könnten wir heute noch alles schaffen«, sagte die Frau und drückte ihm einen Zettel in die

Hand. Darauf hatte sie geschrieben, was er alles kaufen mußte: eine Deckenbürste, einen Pinsel für die Ecken und einen Beutel Pulverfarbe.
Unzufrieden und unglücklich machte sich der Mann auf den Weg.
Als er zurückkam, hingen die Gardinen bereits wieder, das Sofa war eingeschäumt und abgerieben und die Möbel beiseite gerückt. In der Zimmermitte stand ein Tisch mit einer Plastikdecke. Flink rührte die Frau in einem Eimer die Farbe an, zog dem Mann eine Kittelschürze über und setzte ihm einen alten Hut auf.
»Halt dich ran, daß du fertig bist, ehe es dunkel wird. Ich habe die Sicherungen herausgeschraubt und die Lampe abmontiert, damit du keinen Schlag bekommst«, sagte sie. »Und gib bitte acht, daß du nicht kleckerst!«
Damit rollte sie den Teppich zusammen, trug ihn auf den Hof und begann ihn zu klopfen.
Der Mann stand auf dem Tisch und strich die Decke.
Besonders schnell kam er nicht voran. Sobald er ein Stück fertig hatte, mußte er hinuntersteigen, um den Tisch weiterzuschieben. Währenddessen stellte er den Eimer auf den Boden, damit keine Farbe überschwappte. Dann hob er ihn wieder hoch, ehe er selbst von neuem hinaufkletterte.
Von Zeit zu Zeit rief die Frau: »Wie geht es dir, mein Schatz?«
Der Himmel wurde rosa, dann rot, und schließlich wurde er dunkel.
Teppichklopfen kann man zur Not auch ohne Licht.
Es ist bedeutend schwieriger, eine Decke zu streichen, wenn man kaum noch etwas sieht. Zum Glück war der Mann fast fertig. Er war es leid, für das letzte Stückchen noch einmal den Tisch zu verschieben. Er trat an die Kante und beugte sich so weit vor, wie er konnte. Dabei geriet er ins Wanken, verlor das Gleichgewicht, setzte sich in den Eimer und fiel mit dem Eimer vom Tisch.
Dem Mann tat alles weh.
Er raffte sich auf, denn er wollte Licht machen. Schon beim ersten

Schritt rutschte er aus und setzte sich noch einmal auf den Eimer.
Nun tat ihm alles noch viel mehr weh.
Er tastete sich zum Sofa und legte sich stöhnend hin.
»Ich bin fertig und komme!« rief die Frau. Gleich darauf schob sie die Teppichrolle ins Zimmer.
»Oh, ich bin gespannt, wie es hier aussieht«, sagte sie. »Wo bist du? Ich sehe dich nicht. Wir brauchen Licht. Schraub doch bitte die Lampe fest. Ich drehe inzwischen die Sicherungen ein.«
Der Mann erhob sich, schlurfte auf seinen nassen Schuhen zum Tisch, kletterte hoch, tastete nach dem Draht, wollte die Fassung anbringen – und bekam einen fürchterlichen Schlag. Er verlor fast das Bewußtsein, den Halt und das Gleichgewicht. Ehe er mit dem Tisch umkippte, griff er nach etwas, an dem er sich festhalten konnte.
Er hing am Ofenrohr, jedoch nur kurze Zeit.
Es brach an zwei Stellen auseinander. Der Mann stürzte ab und fiel mitsamt dem Ofenrohr auf den Boden. Er fühlte, wie sich eine weiche Wolke auf ihn legte. Er mußte husten und spucken.
Alles tat ihm dreimal so weh wie vorher.
Er kroch zurück auf das Sofa.
Die Frau kam ins dunkle Zimmer. Sie stolperte über die Teppichrolle und stieß gegen den Eimer.
»Warum ist es noch dunkel? Bist du nicht in der Lage, die Lampe anzubringen?« fragte sie.
Sie stieg auf den Tisch, und gleich darauf war es hell.
Die Frau sah sich um.
Und wenn sie in diesem Augenblick nicht gestorben ist, dann lebt sie noch heute.

Die Kuh

Erdmanns Hof ist der größte im Dorf.
Da gibt es Kühe, Schweine, Hühner und sogar zwei Pferde.
Außerdem gehören zum Hof viele Äcker und Wiesen und Wald.
Früher schafften hier Knechte und Mägde. Die meisten sind jetzt Arbeiter in der Fabrik, da verdienen sie mehr und haben viel mehr Freizeit.
Bauer Erdmann hat nie Freizeit. Er muß allein die Felder bestellen, das Vieh versorgen und den Hof instandhalten.
Einer der letzten Knechte, die er hatte, heißt Fritze Fischer. Auch er arbeitet jetzt in der Fabrik. Er hat eine Frau aus der Stadt geheiratet. Ihre kleine Tochter heißt Marita.

Manchmal spielt Marita auf dem Erdmannshof, aber nur, wenn kein Tier in der Nähe ist. Marita hat Angst vor Tieren.
»Du willst ein Dorfkind sein?« wettert Bauer Erdmann. »Ein Arbeiterkind bist du, du gehörst in die Stadt und in ein Hochhaus!«
Marita hat auch Angst vor Bauer Erdmann.
In letzter Zeit spielt sie lieber auf der Straße, selbst wenn hier manchmal Autos fahren.
Heute klettert sie auf dem Zaun herum, der die Weide von der Straße trennt. Die Kühe sind ganz weit entfernt und können ihr nichts tun.
Da kommt ein Moped mit lautem Geknatter um die Kurve.
Ein Glück, daß Marita auf dem Zaun sitzt. Sicher hätte der Mopedfahrer sie sonst umgerissen. Marita erkennt ihn. Es ist Michel Kunze. Der ist erst zwölf. Marita überlegt: Darf der überhaupt schon mit dem Moped fahren? Sie weiß, es gehört dem Sohn vom Doktor. Vielleicht hat er es heimlich genommen.
Da kommt er schon wieder.

Michel gibt mächtig an. Er liegt ganz schräg in der Kurve. Und gibt Gas, daß sich Marita die Ohren zuhalten muß.
Als sie die Hände wieder von den Ohren nimmt, hört sie es stampfen. Sie dreht sich um.
Die Kühe sind von dem Krach aufgescheucht worden und rennen in einem Haufen geradewegs auf sie zu. Marita duckt sich. Die Kühe stampfen vorbei. Nur eine nicht.
Diese Kuh setzt mit einem Satz über den Zaun, genau neben Marita. Dann galoppiert sie die Dorfstraße entlang, auf die Landstraße hinaus und auf den Wald zu, hinter dem die Autobahn liegt.
Marita ist erschrocken. Sie weiß, daß eine Kuh auf der Autobahn sehr gefährlich ist. Sie rennt zum Erdmannshof, aber dort ist niemand.
Sie klopft bei den Nachbarn, aber alle sind fort zur Arbeit.
Sie rennt wieder auf die Straße.
Die Kuh ist kaum noch zu sehen.
Da nimmt Marita einen Stock, der vor ihr im Sand liegt, und läuft hinter der Kuh her, die Dorfstraße entlang, auf die Landstraße hinaus, auf den Wald zu.
Das Unterholz ist dicht und verwildert. Dornen zerkratzen Maritas Beine. Äste schlagen ihr ins Gesicht. Aber sie findet schließlich die Kuh. Die steht unter einer kleinen Buche und knabbert an den Blättern. Marita hat nun gar keine Angst mehr.
»Los, komm«, sagt sie mutig und stößt mit ihrem Stock die Kuh ans Hinterteil. Und die Kuh geht wirklich los. Sie trottet genau dahin, wohin Marita sie mit ihrem Stock treibt.
Es dauert lange, bis sie ins Dorf kommen. Die Kuh ist immer wieder stehengeblieben und hat Gras gezupft. Und Marita hat geduldig neben ihr gewartet.
Endlich sind sie am Weidezaun.
Marita macht das Gatter auf, gibt der Kuh noch einen Klaps mit der Hand und sagt: »Verschwinde!«

Am Abend kommt Bauer Erdmann zur Familie Fischer.
Er bedankt sich bei Marita wie bei einer Großen.
Er war Dünger einkaufen und hat nicht gesehen, was passiert ist.
Aber Bauer Rickmers hat alles von seinem Feld aus beobachtet und es ihm erzählt.
Bauer Erdmann sagt zu Marita: »Bist doch ein richtiges Dorfkind!«

Eddis Vogel

Eddi war Milchfahrer.
»Eintöniger Job, kannste glauben«, pflegte er zu Jette zu sagen, doch er kam ohne Zuverdienst nicht aus. Die kleine Landwirtschaft mit ein paar Hühnern, einem Kartoffelacker und einer Ecke Spargel warf zu wenig ab, um sich und Jette über die Runden zu bringen. Darum trug Jette noch zusätzlich Zeitungen aus, das paßte gut zu Eddis Job.
Beide mußten früh um halb vier aus dem Bett. Jette schwang die Zeitungstasche über die Schulter und trabte durchs Dorf. Eddi rumpelte mit seinem Treckergespann los und sammelte die vollen Milchkannen ein, die vor den Höfen standen. Er wuchtete sie auf seinen Hänger und brachte sie acht Kilometer weiter zur Molkerei. Die Tour hatte ihre Tücken. Eddi mußte zweimal die Autostraße kreuzen, auf der um diese Zeit die Schichtarbeiter wechselten, und einmal über einen unbeschrankten Bahnübergang, wo mannshohe Büsche den herannahenden Vorortzug verdeckten.
Er war jedenfalls immer froh, wenn er drei Stunden später wieder daheim war. Dann kuppelte er den Hänger ab und rollte ihn in den Winkel zwischen Hühnerstall und Schuppen. Den Trecker ließ er meist mitten auf dem Hof stehen, weil er ihn tagsüber noch brauchte. Doch vorher trank er mit Jette, die um diese Zeit ebenfalls mit dem Zeitungaustragen fertig war, in Ruhe Kaffee, ehe beide in die Hände spuckten und sich an die Arbeit auf dem eigenen Anwesen machten.
So ging das tagein, tagaus, jahraus, jahrein.
Sonntag vor Ostern brach sich Eddi den linken großen Zeh, als er den Spatzendreck aus der Dachrinne holte. Der Arzt meinte, daß er

bis nach Ostern daheim bleiben müsse, und Jette rief von der Post aus die Molkerei an. Dort war man nicht grade erbaut, aber es half ja nichts. Anstelle von Eddi holte der Molkereitransporter die Milchkannen, und Eddi konnte sich mal richtig ausschlafen. Sein Hänger und sein Trecker standen tagelang unbenutzt herum.
Dienstag nach Ostern kam Eddi mit seinem Zeh wieder in den Gummistiefel. Während Jette mit ihrer Zeitungstasche abzog, humpelte er über den Hof, warf den Trecker an und rangierte ihn rückwärts zum Hänger. Dann kuppelte er beide zusammen. Ehe er losfuhr, guckte er nach, ob genügend Luft in den Reifen war, sie waren alle mächtig abgenutzt.
Es war noch dunkel. Die Vögel warteten auf das Morgenlicht, ehe sie ihr Konzert anstimmten. Nur ein Vogel strich wie ein Schatten ständig um Eddi herum und holte ihm fast die Mütze vom Kopf. Er sah dem Schatten nach und erkannte ein Rotschwänzchen, das jetzt auf dem Treckerverdeck saß, mit dem Schwanz wippte und ihn beschimpfte.
»Reg dich ab, du Zwerg«, murmelte Eddi und ging in die Knie, um lieber auch noch die alten Bremsschläuche abzutasten. Als Eddi seine Hand zurückzog, faßte er in Strohhalme und Federn, die in der Hängerachse steckten, und griff dann in ein Vogelnest mit zwei winzigen Eiern.
Eddi rappelte sich hoch und kratzte sich hinterm Ohr. Er rief: »Jette!«, aber Jette war mit ihrer Zeitungstasche längst weg.
Mann, kaum bricht man sich mal den Zeh, geht alles drunter und drüber, dachte Eddi und nahm sich vor, gleich nachher einen besseren Platz für das Nest zu suchen.
Jetzt hatte er keine Zeit dafür. Er mußte sich ranhalten, denn die in der Molkerei hielten auf Pünktlichkeit.
Auf dem Hof von der Molkerei stand Eddi rum und wartete, bis alle Milchkannen oben auf der Rampe standen. Das Abladen war nicht seine Sache, das machten die Männer dort. Eddi gähnte, und dabei

fiel ihm das Vogelnest ein. Er war damit immerhin acht Kilometer durch die Gegend kutschiert. Womöglich waren die Eier herausgerollt, oder das ganze Nest war weg. Dann mußte das Rotschwänzchen eben ein neues bauen, irgendwo, nur nicht wieder unter dem Hänger.

Eddi legte sich auf den Bauch und guckte nach. Es war jetzt hell genug, um alles zu erkennen. Das Nest war noch da, es war genau in das Gestänge von der Achse eingepaßt und saß fest. Aber Eddi sah noch was anderes. Im Nest hockte das Rotschwänzchen. Es brütete schon.

»Haste 'ne Panne?« rief einer der Molkereimänner Eddi zu.

»Nee, ich hab 'n Vogel«, antwortete Eddi und kam unter dem Hänger hervor. Als alle lachten, wehrte Eddi ab: »Quatsch, nicht wie ihr denkt. Ich hab 'n richtigen Vogel, der ausgerechnet da unterm Hänger seine Eier ausbrütet.« Das wollten alle sofort sehen.

Bald lagen die Molkereimänner, das Mädchen aus dem Büro und sogar der Chef, der grade mit seinem Auto eingetroffen war, der

Länge nach unter Eddis Hänger und bestaunten das brütende Rotschwänzchen. Das Büromädchen sagte bestimmt zehnmal: »Süß.«
»Von wegen süß«, sagte Eddi, der daneben stand, »soll ich wochenlang mit einem Vogelnest rumrattern? Der Vogel wird ja seekrank dabei.«
Der Chef von der Molkerei stand auf und sagte großzügig: »Dann laß deinen Hänger hier stehen und nimm dir solange einen von uns«, doch er hatte gut reden. An Eddis uralte Treckerkupplung paßte nur Eddis eigener uralter Hänger, da biß die Maus keinen Faden ab. Er mußte weiterhin damit fahren, und das dämliche Rotschwänzchen mußte sehen, wie es damit fertig wurde. Es hatte sich alles selbst eingebrockt, und niemand konnte ihm helfen.
»Dann fahr wenigstens ganz langsam und ganz vorsichtig, alter Junge«, riefen alle hinter ihm her, als er sich auf den Heimweg machte.

Sie hatten gut reden.
Eddi fuhr wie auf Eiern, geriet fast unter den Vorortzug, legte auf der Autostraße den Verkehr lahm und kam eine Dreiviertelstunde später als sonst zum Frühstück. Jette unterstellte ihm sofort, daß er irgendwo bei einem Bier hängengeblieben war. Allerdings kam sie damit bei Eddi schlecht an. Er zog sie vom Stuhl, schob sie nach draußen und drückte sie unter den Hänger.
»Was sagst du nun?« fragte er, und ebenso wie das Büromädchen in der Molkerei sagte auch Jette nur: »Süß.«
»Von wegen süß«, antwortete Eddi, »untern Hänger gehört kein Vogelnest. Unser Haus steht ja auch nicht auf einer Bohrinsel oder einem Nachrichtensatelliten.«
Das war Jette zu hoch, und sie erwiderte schlicht: »Fahr immer hübsch langsam und vorsichtig.«
Auch diesen Spruch hatte Eddi bereits gehört. Alle hatten gut reden, er hatte die Scherereien. Wenn er langsam fahren sollte, mußte er

von nun ab statt um halb vier schon nachts um drei aufstehen. Und um vorsichtig zu fahren, mußte er kilometerweite Umwege machen, um die Kreuzungen und den Bahnübergang zu vermeiden. Am liebsten hätte er dem Rotschwänzchen den Hals umgedreht.
Trotzdem sah er jeden Morgen nach, ob das Nest und der Vogel noch da waren. Erst dann fuhr er ab.
Auch die Leute in der Molkerei überzeugten sich gleich, wenn Eddi dort eintraf. Ihr Getue war Eddi manchmal sogar lästig, denn sie brachten Körner, Haferflocken, Kuchenkrümel und sonst noch was und streuten alles unter den Hänger. Dann kauerten sie in einiger Entfernung und guckten zu, wie das Rotschwänzchen zögernd und vorsichtig aus dem Nest hüpfte, pickte und seinen Platz wieder einnahm.
»Lädt niemand die Kannen runter?« fragte Eddi dann wohl, doch alle winkten ab. Also mußte sich Eddi auch noch an diese Arbeit machen, obwohl es eigentlich nicht seine Sache war. Schließlich wollte er irgendwann heim zu Jette. Wenn er endlich wegkonnte, riefen sie: »Denk dran, Eddi! Langsam! Und vorsichtig!«

So ging das eine ganze Weile.
Es war nun fast hell, wenn Eddi frühmorgens nachsah, ob das Rotschwänzchen noch da war.
Eines Tages war es weg. Dafür reckten zwei Vogelkinder ihre winzigen, zerzausten Köpfchen über den Nestrand und piepsten leise.
»Jette!« rief Eddi, aber Jette war mit ihren Zeitungen schon drei Ecken weiter. Eddi sah sich nach allen Seiten um und dachte: Wo ist die verflixte Vogelmutter? Wieso kümmert sie sich nicht um ihre Kleinen? Hat sie sich etwa aus dem Staub gemacht und läßt mich mit ihrer Brut sitzen?
Dann überlegte er: Halten diese Winzlinge die Fahrt überhaupt aus, oder fallen sie dabei aus dem Nest? Oder verhungern sie inzwischen?

Eddi war ganz allein mit seinem Kopf voller Sorgen. Er brüllte: »Mist!« und machte sich mit schlechtem Gewissen auf den Weg.
Bald war er wieder erleichtert. Als er anhielt und Milchkannen auflud, schoß das Rotschwänzchen mit einem langen baumelnden Wurm an ihm vorbei unter den Hänger und flitzte gleich darauf ohne Wurm wieder davon.
Alles geritzt, dachte Eddi, aber gleich darauf machte er sich erneut Gedanken. Würde das Rotschwänzchen auf der befahrenen Autostraße genug Falter und Würmer finden, um die Kleinen zu füttern? Eddi beschloß, diesmal lieber über einsame Feldwege zu fahren. Dort gab es blühende Hecken, zwischen denen die Gräser wippten. Während er auf seinem Trecker langsam dort entlangholperte, sah er zufrieden zu, wie die Vogelmutter pausenlos mit vollem Schnabel den Hänger ansteuerte und gleich darauf mit leerem Schnabel wieder fortflog.
Natürlich kam er viel zu spät in der Molkerei an.
Die Männer standen betreten auf der Rampe, und der Chef pfiff Eddi an, weil er den Terminplan für Quark und Joghurt durcheinandergebracht hatte. Als Eddi aber die neue Lage erklärt hatte, hockten alle um den Hänger herum und guckten zu, wie das Rotschwänzchen die Kleinen fütterte.

Eddi lud inzwischen die Milchkannen ab.
Als er wegfuhr, rief der Chef hinter ihm her: »Eddi, nun aber ganz besonders langsam und vorsichtig!«
So kam es, daß Eddi erst gegen Mittag zu Hause war. Diesmal hatte Jette recht, als sie ihm unterstellte, daß er bei einem Bier hängengeblieben war. Es waren sogar mehrere Biere, denn schließlich ist eine Vogelgeburt genug Grund zum Feiern.
Eddi hatte mit den Molkereileuten angestoßen, dann mit den Kunden im Genossenschaftsladen, dann mit den Gästen im Wirtshaus, dann mit dem Beamten auf dem Postamt und dann noch mit der freundlichen Dame im Kiosk.
Alle waren mit ihm unter den Hänger gekrochen und hatten die Vogelkinder bewundert.
Und alle hatten Eddi beschworen: »Vorsichtig und langsam, Eddi.«
Deshalb kroch Eddi mit seinem Nachwuchs heim wie eine trunkene Schnecke.

Das ging nun wieder eine Weile so weiter.
Die Vögel wurden jeden Tag ein bißchen größer und unverschämter. Sie schrien ununterbrochen, und das Rotschwänzchen sauste hin und her, um sie satt zu bekommen.

Doch so laut wie an diesem Morgen hatten sie nie geschrien. Eddi und Jette hörten das Geschrei bis in die Schlafkammer hinein, und Jette murmelte: »Versohl ihnen den Hintern.«
Das ist bei Vogelkindern schwierig, darum rief Eddi nur streng, als er auf den Hof kam: »Ruhe jetzt, haltet den Schnabel!« Die Kleinen schrien um so lauter, und das Rotschwänzchen ließ sich nicht blikken.
Als Eddi zum Trecker ging, sah er, daß die Nachbarkatze neben der Schuppentür hockte und irgendwas benagte. Er warf ein Holzscheit nach ihr, und die Katze huschte weg.
Wo sie gesessen hatte, lagen verstreut ein paar rote Schwanzfedern.
»Jette!« brüllte Eddi, doch Jette war mit ihren Zeitungen schon hinter der Kirche und hörte ihn nicht. Hilflos irrte er von der Schuppentür zum Hänger, vom Hänger ins Haus und von dort wieder zum Schuppen. Zwischendurch guckte er immer wieder hoffnungsvoll hoch zum Himmel. Das Rotschwänzchen blieb verschwunden. Und die Vogelkinder schrien.
Da vergaß Eddi alle anderen Pflichten. Er packte seinen Spaten und stiefelte zum Komposthaufen. Dort füllte er eine leere Blechdose voll Regenwürmer. Damit rutschte er unter den Hänger und hielt mal dem einen, mal dem anderen Vogelkind einen Wurm vor den Schnabel.
»Los, meine Süßen, nun eßt schön«, ermunterte er sie.
Es gelang den Kleinen nicht auf Anhieb, auf diese neue Art einen Wurm zu verputzen. Bisher hatten sie einfach den Schnabel weit aufgerissen, und das eifrige Rotschwänzchen hatte ihnen Bissen um Bissen in den Hals hineingestopft. Jetzt mußten sie selber zuschnappen, das begriffen sie, wenn sie auch noch hin und wieder daneben zielten. Bald war die Blechdose leer. Aus dem Vogelgeschrei wurde ein mattes, sattes Piepsen.
Eddi suchte am Kompost noch mal Nachschub an Regenwürmern, dann machte er sich endlich auf den Weg.

In der Molkerei waren diesmal außer dem Chef auch alle anderen stocksauer. Eddi bescherte ihnen mit seinen verflixten Vögeln allmählich Überstunden. Egal, ob er morgens, mittags oder erst gegen Abend eintrudelte, die Milch mußte schließlich verarbeitet werden. Einer der Männer sagte sogar: »Wenn du morgen nicht pünktlich bist, Eddi, reißen wir dir den Kopf ab und stecken dich mitsamt deinem Viehzeug in die Käsetrommel.«
»Es sind arme Waisenkinder«, sagte Eddi. Er erzählte die Geschichte vom Rotschwänzchenmord, und alle verziehen ihm zum allerletzten Mal. Sie sahen zu, wie Eddi die Kleinen mit Regenwürmern fütterte, und machten sich selbst auf die Jagd. Einer brachte einen Heuhüpfer in der hohlen Hand, andre jagten Nachtfalter, das Büromädchen sammelte Blattläuse, und der Chef fing geschickt einen Brummer in der Luft. Alle krochen mit ihrer Beute unter den Hänger und schnell wieder hervor, um weiter zu suchen.
An diesem Tag kam Eddi erst nachmittags heim und wehrte sich

gegen Jettes Unterstellungen. Er hatte keinen Tropfen Bier getrunken. Dafür war er die Feldwege entlanggerumpelt und hatte alle zwanzig Meter angehalten, um einen Happen für die Vogelkinder zu suchen. Jetzt war er genauso erschöpft wie das selige Rotschwänzchen. Jette verzieh ihm, schickte ihn ins Bett und fütterte die Kleinen dann mit dem Hackfleisch, das eigentlich für Eddi gewesen war.

Es ging noch mal eine Weile weiter.

Daheim hatte es Jette übernommen, die Vogelkinder zu füttern. Bald mochten sie außer Hackfleisch auch noch Leber, hartes Ei und Blattspinat. Jette hielt sich nämlich nicht damit auf, unter Gestrüpp nach Käfern und Würmern zu graben oder auf die Bäume zu klettern, um Motten zu fangen. Manchmal bekam sie deshalb mit Eddi Streit.

Eddi wollte, daß die Kleinen nach wie vor das gleiche bekamen, was ihnen ihre Vogelmutter gebracht hatte.

»Du pfuschst der Natur ins Handwerk«, sagte er zu Jette. Aber das war ihr wieder mal zu hoch. Wenn die kleinen Vögel überleben wollten, mußten sie fressen, was es gab, das war ihre Meinung. Seit Eddi sich weder um die Hühner noch um den Acker, noch um das Hauswesen kümmerte, ging ohnehin alles drunter und drüber. Er war unentwegt für die Vogelkinder unterwegs. Mal fischte er im Dorftümpel nach Larven, mal kroch er über die Wiese und sammelte Schnecken, und mal drehte er sogar die Pflastersteine auf dem Hof um und suchte Schaben.

»Ich ersetze den Kleinen eben die Mutter«, sagte er, wenn Jette ihn auslachte. Die Männer in der Molkerei lachten ihn nicht aus. Sie dachten wie er und empfingen ihn jeden Tag mit Schraubgläsern, Blechdosen und Zigarettenschachteln voller Insekten, Schnecken und Würmer.

Die kleinen Vögel waren groß geworden. Der gelbe Rand an ihrem Schnabel war fast weg. Sie schubsten und drängelten im Nest und schlugen bereits mit den Flügeln.

Eines Morgens, als Eddi auf den Hof kam, war ihr Geschrei verstummt. Und als er unter den Hänger kroch, fand er ein leeres Nest. Er stand auf und rief: »Jette!« Doch Jette trug ihre Zeitungen aus. Eddi war verlassen und allein. Alles war nun wieder so wie früher. Er fuhr mit seinem Hängergespann los, sammelte die Milchkannen ein und kam dann nach langer Zeit zum erstenmal wieder über die beiden Kreuzungen der Autostraße und den unbeschrankten Bahnübergang.
Ungewohnt früh erreichte er die Molkerei. Das Büromädchen kam ihm mit einem Glas voller Fliegen entgegen. Es sah Eddi an, was passiert war, und begann zu heulen. Dann machte es das Glas auf und ließ die Fliegen frei.
»Was ist los?« fragten die Männer von der Rampe herunter. Eddi hob die Hände, senkte den Kopf und sagte: »Weg, einfach so weg. Ohne auf Wiedersehn zu sagen.« Dann schluckte er und wandte sich ab.
Alle krochen zum Abschied noch einmal unter den Hänger und warfen einen letzten Blick in das leere Nest. Dann kamen sie, schlugen Eddi auf die Schulter und sagten: »Kopf hoch, so ist das Leben.«
Auf dem Heimweg spürte Eddi, wie aus seiner Enttäuschung allmählich Erleichterung wurde. Und er freute sich auf das Frühstück mit Jette.

Die Geschichte vom Wohnwagen

Das Leben mit Oma war eintönig.
Jahr für Jahr fuhr sie mit der Eisenbahn in denselben Ort, in dasselbe Hotel, wo sie stets dasselbe Zimmer mit Balkon verlangte. Dort saß sie dann, sah die Berge an und erholte sich. Opa mußte immer neben ihr sitzen.
Die beiden erlebten nie etwas Besonderes. Und dabei träumte Opa von Abenteuern.
Er träumte davon, im Ballon über die Alpen zu fliegen, im Segelboot durch die Südsee und im Hundeschlitten zum Nordpol zu fahren.
Papa, der Sohn von Opa und Oma, erlebte viel. Er wanderte mit dem Rucksack durch Amerika, fuhr mit dem Motorrad nach Afrika und radelte fast bis nach Indien. Sogar als er Mama kennenlernte und Uwe auf die Welt kam, ging das so weiter. Sie sparten und kauften dann ein altes Auto und einen gebrauchten Wohnwagen. Darin gab es Betten, einen Tisch, eine Kochnische und viel Platz für das Gepäck. Sie konnten damit reisen, wohin sie wollten, und jeden Abend auf einem anderen Platz Rast machen.
Wenn sie von ihren Reisen erzählten und Bilder zeigten, wurde Opa ganz zapplig.
»Laß uns auch einen Wohnwagen kaufen«, sagte er zu Oma.
»Wo denkst du hin«, sagte Oma und lachte. »In unserem Alter ist das nichts mehr.«
Mit der Zeit hatte Opa nur noch einen Wunsch: Er wollte einmal mit dem Wohnwagen reisen, kreuz und quer durch die Welt. Und ein wenig neiderfüllt fragte er Mama und Papa, wohin dieses Jahr die

Reise gehen sollte. In die Türkei, nach Kamtschatka oder gar nach Feuerland?
»Nichts von alledem«, sagte Papa. »Wir fahren in denselben Ort wie ihr.«
Mama hatte die Idee gehabt. Sie hoffte, daß Oma und Opa gelegentlich auf Uwe aufpaßten, während sie mit Papa allein etwas unternahm.
»Tut ihr uns den Gefallen?« fragte sie.
»Nur, wenn ihr mir auch einen Gefallen tut«, sagte Opa.
Er wollte ein einziges Mal nicht mit Oma in der Eisenbahn reisen, sondern endlich mit dem Wohnwagen fahren. Das paßte gut, denn Uwe quengelte, weil er lieber Eisenbahn fuhr. Also machte sich Oma mit Uwe auf die Reise, und Opa setzte sich zu Mama und Papa ins Auto.
Er war sehr aufgeregt.
Auf den Knien hatte er mehrere große Landkarten liegen. Er verlangte ständig, daß Papa einen Umweg fuhr, weil es dort eine Burg, da einen See oder sonstwas gab. Dazu wollte er jede Stunde einkehren, dann wieder die Füße vertreten, und gleich danach mußte Papa schon wieder anhalten, weil Opa etwas anderes eingefallen war. So kamen sie nur langsam voran. Eigentlich hatten sie gegen Mittag bereits an der Grenze sein wollen. Doch es wurde Abend, ehe sie so weit waren.
»Wenn wir so weitermachen, sind die Ferien vorbei, ehe wir ankommen«, seufzte Papa.
»Laß uns am Steuer abwechseln, dann können wir die Nacht durchfahren«, sagte Mama.
»He, haltet an!« rief Opa. »Wir wollen ein Lagerfeuer machen und dann in den Wohnwagen kriechen!«
Doch Mama und Papa fuhren weiter. Mama drehte sich nur um und sagte: »Mach es dir bequem und schlaf ein wenig.«
So hatte sich Opa diese Fahrt nicht vorgestellt. Er freute sich auf die

Nacht im Wohnwagen und hatte keine Lust, auf einem Autositz zu schlafen.
»Meinetwegen fahrt, solange ihr wollt«, sagte er, »aber laßt mich umsteigen und zu Bett gehen.«
Papa erklärte ihm, daß es ganz, ganz streng verboten war, sich während der Fahrt in einem Anhänger aufzuhalten. Der könnte umkippen oder sich losreißen und in einen Abgrund rollen. Aber das kümmerte Opa nicht, er wollte schlafen, und zwar im Wohnwagen. Um endlich Ruhe zu haben, gaben Papa und Mama nach. Papa hielt an, Opa stieg um.
Als sie wieder fuhren, hatte Opa Mühe, das Gleichgewicht zu halten. Der Wohnwagen schwankte und schaukelte. Opa fiel dreimal hin, ehe er ausgezogen war und sein langes weißes Nachthemd anhatte. Doch dann war es wunderbar, im Bett zu liegen, leise hin und her zu rollen und schließlich einzuschlafen.
Papa und Mama vorn im Auto hörten Radiomusik und rauchten. Die Straße hatte viele Kurven. Manchmal kamen sie durch ein Dorf, dann bellten Hunde hinter ihnen her. Der Himmel war klar, und der Mond war rund.
Nach einer Weile hielt Papa an. Nun sollte Mama weiterfahren. Sie stiegen aus, holten tief Luft und liefen ein paar Schritte hin und her. Hinten im Wohnwagen wurde Opa wach, als das Rütteln aufhörte. Schlaftrunken kletterte er aus dem Bett, fuhr in seine Schuhe und sprang nach draußen. Was für eine Nacht, dachte er. Mama und Papa waren gerade wieder eingestiegen.
Mama gab Gas.
Das Auto mit dem Wohnwagen verschwand.
Hinter einer Kurve blinkten noch einmal die roten Lichter auf. Das Brummen wurde immer leiser, dann war alles ganz still.
Auf der Straße unter dem Sternenhimmel stand einsam und verlassen Opa in seinem langen weißen Nachthemd.
Er wußte sofort, daß es keinen Zweck hatte, hinterherzulaufen, zu

P

rufen und zu winken. Außerdem zitterten seine Knie ganz merkwürdig, so daß er sich auf einen Stein setzen mußte, um nachzudenken. Werden sie mich wiederfinden, überlegte er, oder muß ich hier verhungern und verschmachten? Wie wird es Oma aufnehmen? Wird sie weinen, oder ist sie vielleicht sogar froh, daß sie mich los ist?
Als Opa so weit gedacht hatte, hörte er Motorengeräusch.
Ha, sie haben bereits gemerkt, daß ich fehle, sagte er sich, kletterte auf den Stein und begann heftig die Arme zu schwenken.
Ein fremdes Auto fuhr auf Opa zu und stoppte. Opa sprang vom Stein und lief zu dem Wagen. Er sah, wie der Fahrer ihn entsetzt anstarrte, eine Hand vor das Gesicht hob und dann schnell weiterfuhr.
Opa konnte es nicht fassen: Der Kerl ließ ihn einfach hier stehen!
Noch drei Autos kamen vorbei, und immer war es das gleiche: die Fahrer sahen ihn, gaben Gas und verschwanden.
Sie halten mich für ein Gespenst und lassen mir nicht mal Zeit, ihnen alles zu erklären, dachte Opa. Es hilft nichts, ich muß mich zu Fuß auf den Weg machen.
Langsam wurde der Himmel hell.
Nicht weit entfernt lag ein Gehöft. Dort waren die Leute schon wach. Der Mann hantierte im Stall, die Frau hängte Wäsche auf, und einige Kinder tobten über den Hof.
Plötzlich stand Opa unter ihnen.
Der Mann ließ klappernd die Milchkanne fallen. Die Frau warf sich die Schürze über den Kopf. Die Kinder starrten ihn verblüfft an.
Opa redete auf sie ein, doch sie verstanden ihn nicht.
Sie riefen einander etwas zu, aber das verstand Opa wieder nicht.
Endlich kam aus dem Haus ein junger Mann, der den anderen übersetzen konnte, was Opa erzählte. Es dauerte eine ganze Weile, ehe sie alles begriffen.
Und dann – dann lachten sie. Sie lachten Opa aus.

Er wollte zuerst richtig böse werden, aber schließlich lachte er auch. Sie brachten eine alte Latzhose, die er über sein Nachthemd zog. Er bekam zu essen und zu trinken. Dann fuhr ihn der junge Mann mit einem Lastwagen in den nächsten Ort zur Polizei.
Und dort wartete man bereits auf ihn!
Gegen Morgen hatte Mama nämlich an einer Tankstelle gehalten, wo es außer Benzin auch heißen Kaffee gab. Papa hämmerte an den Wohnwagen, um Opa zu wecken. War das ein Schreck, als sie entdeckten, daß sie ihn verloren hatten!
Papa wollte sofort umkehren, aber Mama hielt ihn zurück. Sie meinte, dafür wäre die Polizei da.
Auf der Station telefonierte man nach allen Richtungen, daß ein älterer Herr im langen weißen Nachthemd verschwunden sei und man ihn bitte abliefern möchte, falls man ihn fände. Papa gab die Adresse von Omas Hotel an.
Mama und Papa warteten eine ganze Weile, ob jemand sich meldete, dann fuhren sie langsam und bedrückt weiter.
Wie würde Oma alles aufnehmen?
Oma stand fröhlich auf dem Balkon und winkte. Sie rief: »Wo bleibt ihr so lange? Wir warten auf euch!«
Links neben ihr tauchte Uwe auf.
Und rechts stand mit einemmal Opa! Außer dem Nachthemd und der Latzhose trug er eine Polizeimütze. Einer der Polizisten, die ihn gebracht hatten, hatte sie liegenlassen.
Wer Opa in der nächsten Zeit allerdings auf das Reisen im Wohnwagen ansprach, bekam zur Antwort, daß es auch einiges für sich hat, neben Oma auf dem Balkon zu sitzen.

Die Schloßgeschichte

Einmal im Jahr kam Tante Anna, um nach ihren Patenkindern zu sehen.
»Wie groß ihr geworden seid«, sagte sie jedesmal.
Dann führte sie Max und Hansi in den Zoo oder auf den Rummelplatz, in den Zirkus oder ins Kino, in die Kindervorstellung. Anschließend gingen sie in die Eisdiele, und zuletzt machten sie vor einem Fotoautomaten halt, um sich zum Andenken knipsen zu lassen.
»Dazu seid ihr jetzt zu groß«, sagte Tante Anna dieses Mal.
Sie besuchte mit Max und Hansi das Museum, zeigte ihnen zwei Kirchen von innen und wollte dann das Schloß besichtigen.
»Keine Führung mehr«, sagte die alte Frau an der Kasse.
Max und Hansi hofften, daß Tante Anna umdrehen und endlich mit ihnen Eis essen gehen würde. Doch Tante Anna dachte nicht daran. Sie kaufte der alten Frau ein Heft ab und sagte: »Dann führen wir uns eben selbst!«
»In einer Stunde schließe ich ab«, rief die alte Frau hinter ihnen her.
Max und Hansi und Tante Anna liefen treppauf, treppab, durch lange Gänge, durch hallende Gewölbe, sie durchquerten einen großen Saal, stiegen auf einen Turm und bekamen wehe Füße.
Unermüdlich las Tante Anna aus dem Heft vor, wann das Schloß erbaut worden war, daß die Grundmauern siebenhundert Jahre alt, der linke Seitenflügel jedoch bedeutend jünger war, wer hier regiert hatte und wer von wem erobert worden war.
»Ist das nicht furchtbar interessant?« fragte Tante Anna.

»Ziemlich«, sagten Max und Hansi, dachten an Schokoladeeis und trotteten mißmutig hinter Tante Anna her.
Aber Tante Anna las weiter vor. Sie las, daß sich viele Sagen um das Schloß rankten. So hatte man mehrmals ein Geisterheer gesehen, das durch den Festsaal trabte, und Besuchern war der bleiche Schatten einer Ritterdame erschienen, die mit ihren beiden Kindern ins Morgenland entführt worden war.
»Was sagt ihr dazu?« fragte Tante Anna.
»Die alte Frau schließt gleich ab«, sagte Max.
Tante Anna schlug sich an die Stirn und begann zu laufen.
Max und Hansi rannten hinterher. Sie verirrten sich ein paarmal, ehe sie den Ausgang fanden. Und dort entdeckten sie, daß die Tür

abgeschlossen war. Es war eine riesengroße Tür, und sie hatte ein riesengroßes Schloß.
»Merkwürdig«, sagte Tante Anna, »die alte Frau wußte doch, daß wir noch hier sind. Rufen wir sie mal!«
Alle drei holten tief Luft und schrien, so laut sie konnten. Niemand hörte sie.
Sie hämmerten mit Fäusten gegen das dicke Holz.
Nichts regte sich.
Plötzlich sagte Hansi: »Seht mal, was dort steht!«
Neben der Tür war eine Tafel, und auf der stand: Mittwoch nachmittag geschlossen, keine Führungen.
Und jetzt war Mittwoch nachmittag!
Die alte Frau hatte sie vergessen, sie waren eingesperrt, heute würde niemand mehr kommen, sie mußten die Nacht hier verbringen.
Hätten wir vorher wenigstens Eis gegessen, dachte Max und fragte: »Wie lange dauert es, bis man verhungert?«
»Bis morgen halten wir durch«, sagte Tante Anna. »Es wird nur kalt werden, und eure Eltern werden sich Sorgen machen.«
Max und Hansi und Tante Anna gingen auf die Suche, ob es nicht vielleicht woanders eine Tür gab, die nach draußen führte und offen war. Doch alles war abgeschlossen, die Fenster waren verriegelt.
Um sich die Zeit zu vertreiben, hüpften sie in den Gängen auf den Steinplatten, bis Max entdeckte, daß man das Treppengeländer hinunterrutschen konnte, es war breit und glatt. Max und Hansi staunten, wie gut Tante Anna das konnte. Als sie auch dazu keine Lust mehr hatten, saßen sie in den steifen hohen Stühlen im Festsaal und langweilten sich. Alle drei hatten jetzt großen Hunger.
»Mein Magen ist hohl wie ein Luftballon«, stöhnte Max.
»Meiner knurrt wie ein Tiger«, jammerte Hansi.
»Und meiner ist ganz klein geschrumpft«, sagte Tante Anna. »Vielleicht können wir irgendwo schlafen und dabei den Hunger vergessen.«

Neben dem Saal war ein Raum, in dem ein uraltes Bettgestell stand. Darüber war eine Decke mit einem gestickten Wappen gebreitet. Tante Anna schlug die Decke zurück, legte ihren Mantel auf den Bettrost und formte Kopfkissen aus den Anoraks von Max und Hansi. Dann legten sie sich nebeneinander hin, zogen die Decke bis zum Kinn und machten die Augen zu.
»Hoffentlich ist es morgen früh, wenn wir aufwachen«, murmelte Max.
Aber es war noch kaum eine Stunde vergangen, als er wieder wach wurde. Ein Geräusch hatte ihn geweckt.
Von fern her erklangen viele Schritte.
Sie wurden lauter...
Sie kamen näher...
Max kniff die Augen zu. Was hatte Tante Anna vorgelesen?
Manchmal trabt ein Geisterheer durch das Schloß!
Am besten würde es sein, stocksteif liegenzubleiben und sich nicht zu bewegen. Vielleicht blieben sie dann unentdeckt.
Max lauschte.
Er hörte nichts mehr...
Nebenan im Saal stand eine Gruppe von Fremden, die mit einem Autobus gekommen waren und für die die alte Frau eine Sonderführung hielt.
»Auf dem Deckengemälde«, sagte sie soeben, und alle hoben die Köpfe, »ist eine edle Ritterdame dargestellt, die mit zwei Knaben ins Morgenland verschleppt wurde. Man hat nie wieder von ihr gehört. Bisweilen zeigt sie sich in ihren Gemächern als bleicher Schatten.«
Sehr beeindruckt gingen die Besucher weiter.
Die alte Frau öffnete eine Tür und sagte: »Hier sehen Sie das Schlafgemach der Ritterdame.« Dann trat sie beiseite. Die Besucher steckten die Köpfe durch die Tür. Sie sahen ein uraltes Bettgestell, über das eine Decke mit einem gestickten Wappen gebreitet war.
Unter der Decke – sie trauten ihren Augen nicht – lag schlafend eine

Dame mit zwei Knaben. Jetzt schlug der eine Knabe die Augen auf und sah sie an...
Max sah gegen das Licht in der Tür viele dunkle Köpfe. Er zwickte Hansi in die Seite und raunte: »Pst, wach auf, das Geisterheer ist da!«
Hansi fuhr hoch...
...und die Leute in der Tür fuhren zurück.
Es war besser, nicht miteinander darüber zu sprechen, was sie gesehen hatten. Denn konnten sie sicher sein? Hatten sie es sich vielleicht nur eingebildet?
Vom Gang her rief die alte Frau: »Wir gelangen jetzt in den neueren Teil des Schlosses. Nicht zurückbleiben!«
Max und Hansi hatten inzwischen begriffen, daß dies kein Geisterheer war. Sie rüttelten Tante Anna wach. Alle drei schlüpften aus dem Bett und rannten dann hinter der Gruppe her.
Am Ausgang stand die alte Frau und nahm Trinkgelder entgegen.
»Da sind Sie ja noch!« rief sie. »Ich dachte, Sie wären längst weg, ich hatte Ihnen die kleine Pforte offen gelassen.«
Erst jetzt sahen Tante Anna, Max und Hansi, daß es in der riesengroßen Tür rechts unten eine kleine Tür gab.
Selten hatten sie in den Jahren vorher so viel Eis gegessen – und auf dem Erinnerungsfoto so lachende Gesichter gehabt.

Die Geschichte vom Maulwurf

Jan und Julia verlaufen sich

Weil Mama sehr viel zu tun hat, soll Jan allein im Supermarkt einkaufen. Mama sagt ihm, was er holen soll.
Jan merkt sich alles gut: vier Brötchen, acht Würstchen und Senf. Das hat Papa sich zum Abendbrot gewünscht.
»Nimm die Einkaufstasche mit, und vergiß den Geldbeutel nicht«, sagt Mama.
»Ich möchte mit«, sagt Julia und zieht den roten Mantel an.
»Gut, nimm Julia mit«, sagt Mama. »Aber kommt gleich wieder.«
Auf der Straße trifft Jan seinen Freund Michel.
Michel sagt: »Ich kenne ein Geschäft, da fährt eine kleine Eisenbahn im Schaufenster herum.«
»Wo?« fragt Jan.
»Drei Straßen weiter, dann links, dann über den Platz weg«, sagt Michel.
»Ich will die kleine Eisenbahn sehn«, sagt Julia.
»Nein«, sagt Jan. »Wir müssen jetzt einkaufen.«
Im Supermarkt packt Jan in den Wagen, was Mama ihm aufgetragen hat: Brötchen, Würstchen und Senf.
Während er an der Kasse wartet, sagt Julia wieder: »Ich will die kleine Eisenbahn sehn«, und Jan sagt wieder: »Nein.«
Da rennt Julia nach draußen.
Sie setzt sich auf den Bordstein und ist böse.
Jan kommt mit der vollen Einkaufstasche. Er sagt: »Meinetwegen.«
Jan und Julia gehen drei Straßen entlang, dann nach links, dann geradeaus, dann über einen Platz.

Das Schaufenster mit der kleinen Eisenbahn finden sie nicht.
Jan und Julia gehen drei Straßen zurück, wieder links und über einen anderen Platz. Sie gehen links und rechts und geradeaus.
Nirgendwo finden sie das Schaufenster mit der kleinen Eisenbahn.
Julia ist müde. Sie will heim zu Mama.
Jan sieht sich um. Er weiß nicht, wo sie sind.
Jan fragt eine Frau: »Wie kommen wir von hier aus zur Gartenstraße?«
Die Frau kennt sich auch nicht aus.
Ein paar Leute bleiben stehen und überlegen.
Endlich weiß ein Mann Bescheid. Er sagt: »Ihr müßt vier Haltestellen mit dem Bus Nummer 19 fahren.«
Nach einer Weile kommt der Bus Nummer 19.
Jan will zwei Kinderfahrkarten kaufen. Er sucht Mamas Geldbeutel.
Der Geldbeutel ist weg.
»Ohne Geld könnt ihr nicht Bus fahren«, sagt der Fahrer.
Die Tür schließt sich. Der Bus Nummer 19 fährt ohne Jan und Julia davon.
Jan und Julia laufen die Straße entlang, auf der der Bus davongefahren ist.
Julia geht immer langsamer. Sie läßt sich von Jan ziehen.
»Ich kann nicht mehr«, sagt sie.
»Dann müssen wir was essen«, sagt Jan.
Jan und Julia setzen sich auf eine Bank. Sie essen die Brötchen und die Wiener Würstchen auf. Nur der Senf bleibt übrig.
Ein alter Mann bleibt vor ihnen stehen.
»Du hast aber einen schönen roten Mantel«, sagt er zu Julia.
Jan packt Julia an der Hand und rennt mit ihr davon, bis der Mann nicht mehr zu sehen ist.
»Warum rennst du so?« japst Julia.
»Mama will nicht, daß uns fremde Leute ansprechen«, sagt Jan.
Auf der anderen Straßenseite steht ein Telefonhäuschen. Jan sagt:

»Jetzt ruf ich einfach Papa an. Er soll uns holen.«
»Au ja«, sagt Julia.
Aber ohne Geld kann Jan nicht telefonieren.
Er sucht noch einmal in allen Taschen.
Mamas Geldbeutel bleibt verschwunden.
Julia weint jetzt.

»Warum weinst du?« fragt eine junge Frau in Uniform, die Strafzettel an die Autos steckt.
»Wir haben uns verlaufen«, sagt Jan.
»Wir müssen verhungern und erfrieren«, sagt Julia.
Die junge Frau bringt Jan und Julia zum Polizeirevier.
Der Polizist fragt, wie Jan und Julia heißen und wo sie wohnen.

Dann fragt er, warum sie sich verlaufen haben. »Wegen einer kleinen Eisenbahn«, sagt Julia.
Der Polizist schlägt im Telefonbuch nach. Er ruft Mama an. Dann bekommt Jan den Hörer.
»Mama, wir kommen!« ruft er ganz laut.
Die Polizisten fahren Jan und Julia im Streifenwagen nach Hause.
»Bitte mit Blaulicht«, ruft Jan.
»Und mit Sirene«, ruft Julia.
Die Polizisten lachen.
»Solche Notfälle seid ihr nicht«, sagen sie.
Michel kommt angelaufen. Er staunt, als Jan und Julia aus dem Streifenwagen klettern.

Mama kommt ihnen schon auf der Treppe entgegen.
»Ich habe mir große Sorgen gemacht«, sagt sie.
»Wir erst!« sagt Julia. »Wir haben alle Würstchen aufgegessen.«
»Und ich habe den Geldbeutel verloren«, sagt Jan.
»Macht nichts«, sagt Mama. »Hauptsache, ihr seid da.«
Bald darauf kommt auch Papa. Er ist sehr enttäuscht, daß keine Würstchen da sind. Schnell rennt er mit Jan und Julia zum Supermarkt.
Der wird zwar gerade geschlossen. Aber Papa bekommt noch Würstchen und Brötchen dazu. Er bekommt noch etwas anderes: Mamas Geldbeutel.
Den hatte Jan an der Kasse liegenlassen.

Die Geschichte ohne Ende

Maxens haben von Krautmanns eine bunte Ansichtskarte bekommen, auf der das Meer, einige Palmen und ein roter Sonnenuntergang zu sehen sind.
»Es ist herrlich hier«, schreiben Krautmanns, »wir haben das prachtvollste Wetter, wohnen in einem schicken Hotel und bekommen hervorragendes Essen. Wie beruhigt sind wir, daß Sie, liebste, beste Frau Max, inzwischen unser Haus versorgen! Am Samstag ist die schöne Ferienzeit leider zu Ende.
PS: Mausi freut sich auf Iris!«
Auch Iris freut sich, daß Mausi wiederkommt. Allein sind die Ferien recht langweilig, besonders wenn man daheim bleiben muß.
»Sollen sich andere über die volle Autobahn quälen und am Strand gegenseitig auf die Füße treten«, sagt Herr Max. »Wie gut haben wir es doch in unserem Garten!«
»Du hast recht«, sagt Frau Max und legt die Ansichtskarte beiseite...

Am Samstag früh verstauen Krautmanns ihre Koffer und Taschen im Auto. Ausgerechnet heute kommt nach drei Wochen zum erstenmal die Sonne zum Vorschein! Trotzdem wollen sie keinen Tag länger in diesem miesen Hotel bleiben und keinen Bissen mehr von dem verkochten, versalzenen Essen zu sich nehmen!
»Bin ich froh, wenn ich heute abend in meinem eigenen Bett liege«, sagt Frau Krautmann.
»Und ich erst«, sagt Herr Krautmann und gibt Gas...

Zur selben Zeit gehen Frau Max und Iris mit einem Topfkuchen und einem Blumenstrauß über die Straße zu dem Haus von Krautmanns. Frau Max schließt auf und steckt den Schlüssel innen ins Schloß. Das tut sie immer, damit sie später den Schlüssel nicht suchen muß. Leider ist es früher manchmal vorgekommen, daß der Schlüssel gerade dann spurlos verschwunden war, wenn sie ausgehen wollten. Dann stand Herr Max in Hut und Mantel da, während Frau Max durch das Haus irrte und in allen Ecken nach dem Schlüssel suchte. In dieser Zeit hatte Herr Max die Idee, einen Ersatzschlüssel im Garten zu vergraben. Herr Krautmann fand das großartig und vergrub sofort auch einen Schlüssel für alle Fälle unter seinen Rhododendren. Seit Frau Max allerdings den Schlüssel ordentlich sofort innen ins Schlüsselloch steckt, gibt es keine Schwierigkeiten mehr. Iris stellt den Topfkuchen und den Blumenstrauß auf den Küchentisch und malt einen Zettel: HERZLICH WILLKOMMEN!

Frau Max zieht die Rolläden hoch und öffnet die Fenster, um zu lüften. Sie gibt den Topfpflanzen Wasser, wischt Staub, dann schließt sie die Fenster wieder und läßt die Rolläden herunter.
»Komm«, sagt sie, schiebt Iris vor sich her und klappt die Tür hinter sich zu...

Krautmanns rollen auf der Autobahn zwischen vielen anderen Autos heimwärts. Der Verkehr reißt nicht ab.
Herr Krautmann schimpft über die Laster, die schneller fahren als er. Er ärgert sich, daß hinter ihm ein Wagen so dicht auffährt, daß sie fast aneinanderkleben. Und ausgerechnet während er überholt, steckt ihm Frau Krautmann ein Stückchen Schokolade in den Mund, auf das er mit seinem hohlen Zahn beißt!
Mausi quengelt seit einer halben Stunde, daß sie mal aussteigen möchte, und fragt andauernd, wann sie endlich zu Hause sind...

Zur selben Zeit sitzen Herr und Frau Max nach dem Essen gemütlich auf der Terrasse. Frau Max liest die Zeitung. Leider ist nicht alles erfreulich, was da steht. Im Nachbarort zum Beispiel wurde eingebrochen, und man hat die Täter nicht gefaßt. Was gestern dort geschehen ist, denkt Frau Max, könnte heute hier passieren.
Herr Max ist mit seinen Gedanken bei den Rosen, die Mehltau haben, und bei den Tomaten, auf denen neuerdings Kartoffelkäfer sitzen.
Iris wäscht ihre Puppenkleider. Das macht allein keinen Spaß. Morgen wird zum Glück Mausi wieder dasein...

Gegen Nachmittag muß Herr Krautmann tanken.
Frau Krautmann holt aus dem Kiosk drei Pappbecher mit Cola.
Mausi darf mal aussteigen, ehe es weitergeht.
Nach wie vor donnern die großen Laster an ihnen vorbei. Der Krach dröhnt in ihren Ohren. Frau Krautmann hat das Gefühl, daß er

immer ärger wird. Auch Herr Krautmann hält den Kopf schief und lauscht.
Plötzlich wird das Getöse unerträglich, und ihr Auto fährt nur noch ganz langsam.
Herr Krautmann lenkt es auf den Seitenstreifen und steigt aus. Er macht die Motorhaube auf, dann bückt er sich und sieht unter den Wagen. Er sagt ein sehr schlimmes Wort.
»Was ist los?« fragt Frau Krautmann.
»Der Auspuff ist ab. So kommen wir nicht nach Hause«, antwortet Herr Krautmann.
Frau Krautmann und Mausi bleiben im Auto sitzen, während Herr Krautmann am Rand der Autobahn ins nächste Dorf wandert. In der Werkstatt trifft er zum Glück noch einen Lehrling an, der den Meister holt. Mit einem Kombi voller Werkzeug fahren sie auf der Autobahn zurück.
Herr Krautmann packt mit zu, während der Meister mit dem Lehrling schwitzend und stöhnend einen neuen Auspuff anschweißt.
Frau Krautmann und Mausi sitzen auf der Böschung und sehen zu, wie die Sonne untergeht...

Zur selben Zeit schauen auch Herr und Frau Max in den Himmel.
»Einen so schönen Sonnenuntergang hatten wir lange nicht«, sagt Herr Max.
»Nur auf der Postkarte von Krautmanns«, sagt Frau Max.
Dann klappen sie den Sonnenschirm zu und stellen die Gartenstühle beiseite. Sie trauen der schwarzen Wolkenwand im Süden nicht, das könnte ein Unwetter geben.
Iris liegt schon im Bett und schläft...

Mausi hat sich hinten im Auto zusammengerollt und ist eingeschlafen.
Seit drei Stunden sind sie wieder unterwegs.

Es regnet in Strömen. Herr Krautmann hat die Scheibenwischer und die Scheinwerfer eingeschaltet. In der Ferne blitzt es manchmal.
Kurz vor Mitternacht sagt Herr Krautmann: »Wir haben es geschafft«, und fährt das Auto vor die Garage.
Frau Krautmann hat schon den Hausschlüssel in der Hand und rennt durch den Regen auf das Haus zu. Herr Krautmann rennt mit zwei Koffern hinterher. »Mach schnell!« ruft er.
Frau Krautmann stochert mit dem Schlüssel, aber sie bekommt ihn nicht in das Schlüsselloch. Irgend etwas ist da verbogen oder verstopft oder sonstwie nicht in Ordnung.
Herr Krautmann schimpft mit seiner Frau, und sie schimpft mit ihm...

Zur selben Zeit wacht Frau Max auf, weil sie Stimmen gehört hat. Sie schaut aus dem Fenster. Gegenüber bei Krautmanns machen sich zwei dunkle Schatten an der Haustür zu schaffen. Sofort fallen ihr die Einbrecher wieder ein, die man noch nicht gefaßt hat. Diese Sorte pflegt ja mit Vorliebe in Häuser einzusteigen, deren Besitzer verreist sind…!

Herr Krautmann kann kein Licht machen, denn alle Schalter sind innen im Haus. So bleibt es finster.
Es regnet immer noch.
Herr und Frau Krautmann gehen um das Haus und sehen nach, ob irgendwo ein Fenster offensteht. Alles ist fest verschlossen, die Rollläden sind herabgelassen.
Oben das Schlafzimmer hat eine Lüftungsklappe. Durch die will Herr Krautmann ins Haus klettern.

»Da kommst du nicht einmal mit dem Kopf durch«, sagt Frau Krautmann.
Aber Herr Krautmann hört nicht. Er versucht, am Regenrohr hochzuklettern, doch das Regenrohr kracht mitsamt Herrn Krautmann zu Boden...

Längst steht auch Herr Max hinter der Gardine und beobachtet die beiden Gestalten, die sich an Krautmanns Haus zu schaffen machen.
»Ruf die Polizei«, flüstert Frau Max.
»Warte, bis sie im Haus sind«, sagt Herr Max, »dann lassen wir die Falle zuschnappen!«...

Herr Krautmann verliert jetzt den Kopf und die Nerven.
»Du bist wohl nicht ganz bei Trost!« ruft Frau Krautmann hinter ihm her, als er aus dem Schuppen einen Spaten holt und beginnt, unter den Rhododendren nach dem Ersatzschlüssel zu graben.
»Wir haben doch einen Schlüssel, er schließt bloß nicht«, ruft Frau Krautmann.
Herr Krautmann hört nicht. Er gräbt, daß die Erdbrocken fliegen...

»Sie vergraben etwas«, sagt Herr Max.
»Hoffentlich keine Leiche«, stöhnt Frau Max, »wie schrecklich! Die armen, armen Krautmanns!«
Herr Max findet, daß es nun an der Zeit ist, die Polizei einzuschalten.
»Mach kein Licht!« ruft Frau Max und rennt hinter ihm her ans Telefon.
Davon wacht Iris auf...

Auch Mausi ist aufgewacht.
Zuerst weiß sie nicht, wo sie ist. Dann merkt sie, daß sie hinten im

Auto sitzt und daß das Auto zu Hause vor der Garage steht. Papa und Mama denken offenbar nicht daran, ins Bett zu gehen, sondern laufen draußen herum. Wahrscheinlich wollen sie nach dem rechten sehen.
Mausi denkt: Da kann ich Iris noch schnell guten Tag, gute Nacht oder grüß Gott sagen.
Sie läuft hinüber und wirft kleine Steinchen gegen die Scheiben. Iris ist sofort am Fenster. Sie öffnet es und läßt Mausi hineinklettern. Dann sitzen sie im Bett und erzählen so lange, bis sie nebeneinander einschlafen...

Herr Krautmann hat alle Rhododendronbüsche ausgegraben, ehe er einsieht, daß er den Schlüssel nicht findet.
Er schwingt den Spaten und will die Fensterscheiben einschlagen. Aber weil vor den Fenstern Rolläden sind, klappert und scheppert es nur. Plötzlich fällt ihm der Heizungsschacht ein. Auf dem Schacht liegt ein Rost. Den zerrt Herr Krautmann beiseite.
Er muß sich wie eine Schlange in die Öffnung zwängen. Frau Kraut-

mann drückt von oben nach. Es dauert eine Weile, aber dann ist Herr Krautmann im Heizungsschacht. Die Tür zum Keller ist offen. Die Tür vom Keller in die Wohnung ebenfalls.
Herr Krautmann macht Licht.
Da sieht er, daß in der Tür innen ein Schlüssel steckt. Er schüttelt den Kopf und schließt auf...

Draußen fährt der Streifenwagen vor. Drei Polizisten springen heraus und rufen: »Wo?«
»Da drüben!« ruft Frau Max. »Jetzt sind sie im Haus, sie haben Licht.«
»Umstellen!« rufen die Polizisten...

Herr und Frau Krautmann sitzen naß, müde, zerzaust und schmutzig am Küchentisch und essen Topfkuchen.
Plötzlich hämmert es gegen die Haustür.
Zur selben Zeit schlägt es gegen die Rolläden.
»Aufmachen!« rufen einige Stimmen.
Herr Krautmann sagt: »Nimmt diese Geschichte kein Ende?« und reißt die Tür auf...

Die Polizei ist gewohnt, alles schnell aufzuklären.
Nach zehn Minuten fährt der Streifenwagen davon.
Frau Krautmann bedankt sich immer wieder für den herrlichen Topfkuchen. Frau Max will sich nicht beruhigen, weil sie den Schlüssel hat steckenlassen.
Herr Max entschuldigt sich, daß er die Polizei gerufen hat. Herr Krautmann schleppt Taschen und Koffer aus dem Auto ins Haus.
»Wo ist Mausi?« fragt Frau Krautmann.
Mausi ist weg, spurlos verschwunden, verlorengegangen, entführt worden.
Es ist eben eine Geschichte ohne Ende.

Die Geschichte vom Fotografieren

Die Nacht-und-Nebel-Geschichte

Morgens in den ersten Schulstunden ist Johann Heinrich meist noch müde. Er gähnt und paßt nicht auf, und manchmal schickt ihn der Lehrer an die frische Luft, damit er richtig wach wird.
Aber Johann Heinrich muß ja schließlich jeden Tag um halb fünf aufstehen. Er muß erst mit dem Bus und dann mit dem Triebwagen fahren, um in die Schule zu kommen.
Johann Heinrich ist vom Land.
Manchmal erzählt er von dem Bauernhof mit den vielen Kühen, ganz oben in den Bergen. Ein normales Auto schafft es nicht dorthin. Sie haben einen Landrover. In dem wird frühmorgens die Milch ins Tal gebracht, und Johann Heinrich fährt mit hinunter bis zur Bushaltestelle.
»Besucht mich mal«, sagt er zu Kai und Peter, als es Herbstferien gibt.
Er malt in Peters Matheheft einen Plan, wie sie hinkommen. Neben der Fahrstraße für den Landrover gibt es noch einen Fußpfad, der viel kürzer ist. Dieser Fußpfad ist ganz schmal, die Steine sind glitschig, und an manchen Stellen fehlt das Geländer. Links ist eine Felswand, rechts geht es steil in den Abgrund. Nur wer schwindelfrei ist, sollte diesen Pfad benutzen, und bei Dunkelheit ist es besser, ihn überhaupt zu meiden.
Johann Heinrich schreibt auch die Abfahrtszeiten für die Triebwagen und die Busanschlüsse auf.
»Toll, wenn ihr kommen würdet«, sagt er.

Peter und Kai sind noch nie allein verreist.
Die Eltern von Kai sind einverstanden, wenn Peter mitkommt.
Peters Eltern erlauben es, wenn Kai dabei ist.
Gleich am nächsten Vormittag treffen sie sich auf dem Bahnsteig.
Peter trägt einen Rucksack, Kai hat einen Leinenbeutel über der Schulter.
»Hast du das Matheheft mit dem Plan?« fragt Kai.
»Klar«, sagt Peter.
Sie steigen in den Triebwagen, und sowie der losfährt, packen sie ihre Brote aus und beginnen zu essen. Was sie im Magen haben, das brauchen sie nicht zu tragen. Sie sind kaum fertig, da rollen sie auch schon in die kleine Bahnstation ein, von wo es mit dem Bus weitergehen soll.
Der Bus ist noch nicht da.
Peter und Kai trödeln herum. Sie haben ihr Taschengeld bei sich und noch ein wenig Erspartes.
Zuerst kaufen sie Limonade, dann ein Comic-Heft. Das haben sie schnell gelesen.
Sie wiegen sich und ziehen eine Rolle Pfefferminz aus dem Automaten.
Dann schlendern sie zur Bushaltestelle zurück und sehen gerade noch, wie der Bus um die nächste Ecke verschwindet.
»Wann kommt der nächste?« fragen sie einen Mann, der Blätter zusammenfegt.
»In einer Stunde«, sagt der Mann.
»Verflixt«, sagen Peter und Kai. Sie trotten los, um sich den Ort anzusehen. Eine Ecke weiter entdecken sie ein Kino. Die Vorstellung beginnt gerade, und sie sehen einen spannenden Bergsteigerfilm. Danach haben sie Hunger. Gegenüber der Bushaltestelle ist ein Kiosk. Dort bestellen sie Würste, und während die Würstchen heiß werden, bezahlen Peter und Kai.
Bezahlte Würste müssen gegessen werden.

Darum fährt auch der nächste Bus ohne Peter und Kai davon.
Nun gibt es nur noch einen Bus an diesem Tag, und auf den müssen sie zwei Stunden warten. Es ist zwar langweilig, aber sie bleiben lieber an der Haltestelle stehen, weil sie diesen Bus auf keinen Fall verpassen dürfen.
Es wird Abend, außerdem ist es kalt und neblig.
Endlich kommt der Bus. Er nimmt Peter und Kai mit und setzt sie nach einer halben Stunde an der einsamen Haltestelle ab, die eigens für Johann Heinrich und seine Leute eingerichtet worden ist.
»Kennt ihr den Weg?« fragt der Busfahrer.
»Klar!« rufen Peter und Kai.
Der Bus verschwindet im Nebel und in der Dunkelheit.
Zu spät merkt Peter, daß mit ihm auch der Rucksack verschwindet, der auf dem Rücksitz liegt. Und im Rucksack stecken das Matheheft mit dem Plan und eine Taschenlampe.
»Na, das ist aber ein dicker Hund«, sagt Kai.
Sie stehen am Straßenrand und überlegen angestrengt. Müssen sie nach rechts oder müssen sie nach links? Sie streiten ein wenig, und dann versuchen sie es einfach mal nur rechts.

Im Nebel sind alle Entfernungen anders.
Sie tappen herum, bis Peter zufällig an Holz faßt. Das muß das Geländer sein, von dem Johann Heinrich gesprochen hat. Gleich danach geht es steil aufwärts.
»Wollen wir nicht lieber die Fahrstraße suchen?« fragt Kai.
»Der Fußpfad ist kürzer«, sagt Peter. »Oder hast du Angst?«
Das kann Kai natürlich nicht zugeben. Er klettert dicht hinter Peter und hält sich an dessen Anorak fest. So kommen sie langsam Schritt für Schritt voran.
Links, hat Johann gesagt, ist die Felswand, rechts der Abgrund.
Sie halten sich an Ästen, Wurzeln und Gestein fest. Manchmal bleiben sie stehen, um zu verschnaufen. Dann klettern sie wieder weiter, Peter voran und Kai hinterher.
Plötzlich umklammert Kai mit beiden Armen Peters Bauch. Beide rutschen ein Stück abwärts, bis sie auf einer ebenen Felsplatte landen.
»Mann, o Mann, war das knapp!« stöhnt Peter. »Hast du dir weh getan?«
»Nein«, sagt Kai, aber dann gesteht er etwas viel Schlimmeres: Er hat Schuhe mit Gummisohlen an, die bei jedem Schritt auf den nassen Steinen rutschen.
»Ich trau mich nicht mehr weiter«, sagt er.
Vorhin, im Kino, in diesem Bergsteigerfilm, da hingen nachts im Schneesturm zwei an der Wand, und jede Rettung schien unmöglich. Was taten diese tapferen Burschen? Sie machten es sich auf einem winzigen Felsvorsprung bequem, bis es hell wurde und die Retter nahten! Genauso wollen es Peter und Kai machen.
Kai hat einen dicken Pullover in seinem Umhängebeutel, auf den setzen sie sich, ganz dicht nebeneinander. Sie lehnen mit dem Rükken am Fels, ihre Füße baumeln ins Leere. Jetzt müssen sie Geduld haben und warten, bis es Morgen wird.
Allerdings dürfen sie kein Auge zutun. Sie müssen wach bleiben, um

keine falsche Bewegung zu machen. Wenn sie müde werden, einschlafen und umfallen, können sie in den Abgrund stürzen.
»Sag doch was«, stößt Peter hervor.
»Was?« fragt Kai, denn wenn er was sagen soll, fällt ihm nichts ein.
Sie schweigen, kneifen sich hin und wieder und bekommen kalte Hosenböden.
Eine Nebelnacht ist unheimlich, wenn ringsumher alles still ist. Sie ist noch viel unheimlicher, wenn irgendwoher unbekannte Geräusche kommen.
Weit entfernt jault etwas.
»Wölfe!« raunt Peter.
Jetzt jault es wieder, jedoch viel näher.
Dann ganz nah.
Und nun fast neben ihnen.
Peter und Kai sitzen da, als wären sie erstarrt.
Das Jaulen entfernt sich.
Nun ist es wieder ganz still.
Peter und Kai brauchen sich nicht mehr zu kneifen. Sie sind hellwach. Jetzt hören sie in der Ferne ein tiefes, eintöniges Brummen.
»Was ist das?« flüstert Kai.
»Vielleicht gibt es hier Drachen«, sagt Peter leise.
»So ein Quatsch«, sagt Kai. »Vielleicht auch noch fliegende Untertassen oder Gorillas, die aus dem Zoo entsprungen sind, was?«
Darüber kann Peter nicht lachen. Das Brummen wird ständig lauter.
Und nun tauchen dort, wo nach ihrer Meinung der Abgrund liegt, zwei große gelbe Glotzaugen auf, die undeutlich durch den Nebel schimmern.
Peter und Kai wagen nicht, aufzuspringen und zu fliehen. Sie müssen auf diesem Felsen sitzenbleiben, um nicht abzustürzen.
Die Glotzaugen starren sie an, als gehörten sie zu einem Wesen, das vor ihnen schwebt.
Jetzt beginnt wieder das schreckliche Jaulen.

Peter und Kai halten sich die Ohren zu und kneifen die Augenlider zusammen.
So hören sie nicht, wie Johann Heinrich seinem Vater zuruft: »Hallo, hierher, Ajax hat sie gefunden!«
Erst als eine Hundezunge ihnen die Hände leckt und Johann Heinrich sie rüttelt, blinzeln sie vorsichtig in die gelben Nebelscheinwerfer des Landrovers.
Jetzt können sie auch erkennen, daß sie nicht auf dem schmalen Fußpfad sind, sondern auf einem Stein am Rand der Fahrstraße hocken.
Es ist wahrlich keine Schande, Angst zu haben, selbst wenn man schon fast elf ist. Man muß das nur nicht jedem zeigen.
»Wo steckt ihr so lange?« fragt Johann Heinrich. »Eben hat der Busfahrer angerufen, er hat euern Rucksack gefunden. Wir warten mit dem Essen. Warum beeilt ihr euch nicht?«
»Weil wir eine kleine Rast machen und uns die hübsche Gegend ansehen«, antwortet Peter gelassen.

Die Landstraßengeschichte

Daß sie Weihnachten im Auto verbringen mußten, hatte ihnen Papa eingebrockt. Er wird manchmal sehr wütend und macht dann unmögliche Sachen. Später tut es ihm leid, denn eigentlich ist er gut und friedlich.
Diesmal war er wütend über Oma, das ist die Mutter von Mama. Papa und Mama sind zu ihr ins Haus gezogen, damit sie nicht allein wohnt. Es war damals nach dem Tod von Opa und ist nun schon lange her. Inzwischen sagen Papa und Mama: »Die Oma wohnt bei uns.«
Aber Oma sagt immer noch: »Ihr wohnt bei mir!«
Papa kann es nicht leiden, wenn sie das sagt.
Mama lacht darüber und meint: »Laß sie reden, und ärgere dich nicht.«
Warum mußte Oma aber ausgerechnet am Weihnachtsvormittag wieder damit anfangen? Papa stand im Wohnzimmer auf der Leiter und schmückte den Baum. Er steckte gerade die Silberspitze auf, als Oma hereinkam und fragte: »Warum steht der Baum hinter der Tür?«
»Wo sollte er sonst stehen?« entgegnete Papa.
»Bei mir pflegte er links vom Fenster zu stehen«, sagte Oma.
»Und jetzt steht er hinter der Tür«, gab Papa von der Leiter herab zurück.
»Solange ihr bei mir wohnt, solltet ihr auf mich hören«, erwiderte Oma. Und dann gerieten sie in Streit. Sie sagten dies und das, und als Mama aus der Küche kam, um sich einzumischen, redeten alle durcheinander.

Papa war sehr wütend.
Er riß den Schmuck vom Baum und warf ihn in die Kartons zurück.
»Was tust du?« rief Mama.
»Pack die Geschenke, Süßigkeiten, Betten und Zahnbürsten ein. Wir feiern Weihnachten woanders. Irgendwo werden wir willkommen sein und unseren Baum da aufstellen dürfen, wo wir es wollen.«
Er nahm den Baum, rannte damit nach draußen und schnallte ihn auf das Autodach.
Auf dem Hof spielte Nickel mit seinem Freund.
»Was machst du?« fragte er Papa.
»Wir verreisen. Und weil wir unterwegs Weihnachten feiern werden, brauchen wir unseren Baum!« rief Papa und war schon wieder im Haus.
»Toll«, sagte Nickels Freund. Und Nickel war sehr stolz auf Papa, der manchmal so unmögliche Sachen machte.
Oma lief hinter Papa her und jammerte: »So war es doch nicht gemeint!« Aber er schob sie bloß beiseite.
Mama rief: »Ist das wirklich dein Ernst?« Aber Papa hatte schon die Betten in eine Wolldecke geschnürt und verstaute sie im Kofferraum. Da kramte Mama alle Geschenke zusammen und packte

etwas Wäsche und Kleidung ein. Sie holte aus der Küche die Kuchen, und Oma brachte eine Thermosflasche mit heißem Tee.
Dann zog Mama den Maxel warm an und setzte ihn auf sein Stühlchen hinten im Auto. Nickel gab Oma einen Kuß, winkte – und schon ging die Fahrt los.
Papa war immer noch wütend und fuhr sehr schnell. Er ging in die Kurven, daß ihre Köpfe hin und her flogen. Er bremste, daß alle nach vorn kippten. Er hupte, wenn ihm andere Autos keinen Platz machten. Das gefiel Nickel, und der Maxel kreischte vor Vergnügen.
Aber Mama sagte: »Bitte fahr vorsichtig, oder ich steige aus.«
Da wurde Papa ruhiger.
Später fragte Mama: »Wohin fahren wir eigentlich?«
Papa antwortete: »Zu meiner Tante Luise. Du wirst sehen, daß es uns dort bessergeht als bei deiner Mutter.«
Es war Mama peinlich, einfach so zu Tante Luise zu fahren. Immerhin waren sie vier Personen, es war Weihnachten, und Tante Luise hatte keine Ahnung, daß sie kamen. Jedoch mit Papa war nicht zu reden.
Nach einer Stunde erreichten sie die Stadt, in der Tante Luise wohnte. Sie fuhren vor das Haus, und Papa stieg aus, um zu klingeln. Er klingelte noch mal und noch mal, aber es machte niemand auf.
Im Nebenhaus rief eine Frau aus dem Fenster: »Da ist niemand zu Hause«, und sie erzählte Papa, daß Tante Luise verreist sei, weil sie Weihnachten nicht allein sein wollte. Ja, wenn sie gewußt hätte, daß Besuch kommt, wäre sie sicher geblieben und hätte sich gefreut.
»Schon gut«, sagte Papa, »besten Dank und frohes Fest.«
Er startete wieder.
»Wohin fahren wir jetzt?« fragte Mama.
Papa entsann sich, daß er in dieser Stadt einen alten Schulfreund hatte. Papa meinte, der würde sich bestimmt freuen, wenn sie so unvermutet auftauchten, denn er sei früher ein lustiges Haus gewesen.

Mama war nicht so sicher, aber sie sagte nichts.
Nickel rief: »Fein, wir fahren in ein lustiges Haus!« Und der Maxel kreischte vor Wonne.
Papas Freund war zwar zu Hause, doch besonders lustig war er nicht. Er erinnerte sich nicht einmal an Papa und mußte eine Weile grübeln. Erst als er Nickel sah, wußte er es, denn Nickel sah genauso aus wie Papa früher.
Er bat sie in seine Wohnung, und weil es Mittag geworden war, brachte seine Frau für jeden einen Teller Kartoffelsuppe. Mama durfte im Nebenzimmer den Maxel trockenlegen, und Nickel durfte mal aufs Klo. Dann sagte Papas Freund: »Sicher habt ihr noch eine weite Fahrt vor euch. Wir wollen euch nicht aufhalten. Heute hat

jeder noch viel zu tun. Es war nett, daß ihr uns mal kurz besucht habt.«
Papa traute sich nicht, etwas zu sagen. So stiegen alle wieder in das Auto und fuhren weiter. Der Freund und seine Frau standen vor ihrem Haus und winkten.
Nicht weit von hier hatte Papa einen Vetter. Der hatte eine Frau und drei Kinder und einen Bauernhof mit viel Platz. Dort waren sie früher oft gewesen, aber weil der Vetter so ähnlich wie Papa war und leicht wütend wurde, hatten sie sich verkracht, als sie einmal zur gleichen Zeit wütend waren.
»Wir sollten zu deinem Vetter fahren«, sagte Mama jetzt.
Das war für Papa sehr unangenehm, aber er sah ein, daß Mama

einen guten Vorschlag gemacht hatte. Vor dem Bauernhof blieb er im Auto sitzen und schickte Mama ins Haus. Nickel wollte gleich mit, aber Papa hielt ihn fest.
Als Mama wiederkam, setzte sie sich und sagte zu Papa: »Fahr nur gleich weiter.«
»Ist er mir noch böse?« fragte Papa.
»Das nicht«, erwiderte Mama, »aber er und die drei Kinder liegen im Bett und haben Ziegenpeter. Den haben Nickel und Maxel noch nicht gehabt.«
Papa war sehr schweigsam.
Mama ließ ihn von jetzt an bei jedem Gasthaus halten und nach Zimmern fragen. Doch sie hatten kein Glück. Entweder war geschlossen, oder alle Zimmer waren belegt.
Nickel und Maxel hatten Hunger, und Mama gab ihnen Lebkuchen. Einmal hielt Papa an, und alle vertraten sich die Füße.
Als sie wieder fuhren, fragte Nickel, wann endlich Bescherung sei. Er wollte nun gern seine Geschenke haben.
»Wenn wir da sind«, sagte Mama.
»Wann sind wir da?« fragte Nickel.
Mama sagte zu Papa: »Bitte, laß uns umkehren.«
Und wirklich, Papa drehte um.
Sie waren nun fast allein auf der Straße. Es war dunkel. Der Maxel schlief. Mama und Nickel sangen Weihnachtslieder. Dann schlief Nickel auch.
Später hielten sie noch einmal an, und Mama schenkte Papa den heißen Tee ein.
»Gut, daß du daran gedacht hast«, sagte er.
»Daran hat Oma gedacht«, sagte Mama.
Als sie zu Hause ankamen, brannte nirgends mehr Licht. Mama trug den Maxel ins Bett, und Papa schleppte Nickel.
Die merkten nichts.
Als am anderen Morgen noch alle schliefen, holte Papa den Baum

vom Autodach, stellte ihn ins Wohnzimmer hinter die Tür und fing an, ihn zu schmücken. Als er halb fertig war, nahm er ihn und stellte ihn links vom Fenster auf. Mama kam und brachte die Geschenke. Sie trug Maxel ins Zimmer, und Nickel sprang hinter ihr her. Papa zündete die Kerzen an.
»Jetzt feiern wir endlich Weihnachten!« rief Nickel.
Aber Papa sagte: »Wartet einen Augenblick.« Er holte Oma, die noch nicht zum Vorschein gekommen war. Er drückte sie an sich, gab ihr einen Kuß und rief: »Frohe Weihnachten!«
Papa ist meist der friedlichste und beste Mensch.
»Was bin ich froh, daß ihr wieder da seid!« sagte Oma. »Ich wohne so gern bei euch. Aber«, setzte sie hinzu, »ist es nicht wirklich besser, wenn der Baum links vom Fenster steht statt hinter der Tür?«
»Oma!« rief Mama.
Aber Papa lachte.

Die Geschichte vom großen Baum

Die Kirchengeschichte

Zu Weihnachten ist unsere Kirche hier im Dorf immer knüppeldickevoll. Da gehen auch die hinein, die sich sonst das ganze Jahr hindurch nicht sehen lassen. Manche schicken bereits eine Stunde vorher ihre Kinder, die müssen gute Plätze freihalten. Früher saßen die Männer auf der Empore und die Frauen unten im Kirchenschiff. Jetzt darf man sich hinsetzen, wo man will. Man muß nur aufpassen, daß man nicht hinter die Säulen zu sitzen kommt, denn dort sieht man nicht gut.

Alles ist feierlich und eindrucksvoll. Neben dem Altar steht ein hoher Tannenbaum mit vielen elektrischen Kerzen. Oben an der Balustrade stellt sich der Posaunenchor auf und bläst zur Einleitung. Es klingt etwas falsch, sie sagen, das kommt von der Kälte, aber im Sommer ist es nicht anders. Dann singt der Männergesangverein, und die Orgel spielt fast die ganze Zeit.

Unser neuer Pastor will alles noch eindrucksvoller und feierlicher haben. Darum sagt er nach der Predigt: »Und nun hört alle gut zu, liebe Gemeinde, Männer, Frauen und Kinder, wir singen jetzt gemeinsam das Lied ›Vom Himmel hoch‹. Eine Strophe davon wird uns die Orgel spielen, die nächste singen wir, na, und so weiter. Habt ihr mich verstanden?«

Ja, wir meinen schon. Die Orgel ist bereits bei der ersten verschlungenen Einleitung, aus der heraus wir die Melodie erkennen. Wir wissen nicht genau, ob das schon als erste Strophe gilt oder ob es noch das Vorspiel ist. Und überhaupt, sollen wir den Text der ersten oder den der zweiten Strophe singen? Warten wir erst mal ab, was der Pastor macht. Die Orgel schweigt, und wir schweigen auch. Der

Pastor singt allein. Er hat eine schöne, laute Stimme. Als er merkt, daß wir zögern, hebt er mit den Händen einen unsichtbaren Täufling – so sieht das jedenfalls aus. Wir singen immer ein wenig hinter ihm her, so brauchen wir nicht ins Gesangbuch zu schauen, sondern nur auf seinen Text zu hören. Aha, er singt mit uns die erste Strophe. Danach setzt wieder die Orgel ein. Leider singen ein paar, die vorher nicht aufgepaßt haben, jetzt weiter und hören erst auf, nachdem der Pastor mit den Händen gewedelt hat.
Doch die Überraschung, die alles noch eindrucksvoller und feierlicher macht, soll erst kommen. Kurz vor dem Gottesdienst hat der neue Pastor zu Fritz Wille gesagt: »Du gehst in die Sakristei an den Schalterkasten. Wenn du hörst, daß wir die erste Strophe ›Vom Himmel hoch‹ singen, machst du das Licht über dem Eingang aus, bei der zweiten Strophe das Licht im rechten Seitenschiff, bei der dritten das im linken. Dann kommen die beiden Seiten der Empore an die Reihe und schließlich nacheinander die drei großen Leuchter im Mittelschiff. Die letzte Strophe singen wir nur im Schein der Kerzen am Christbaum. Ist das klar?«
Der Pastor hat sich alles gut ausgedacht, und wenn es geklappt hätte, wären wir sicher sehr beeindruckt gewesen. Leider war Fritz Wille vorher noch nie in der Sakristei. Nachdem der Pastor weg ist, sieht er sich erst einmal um. Den Schalterkasten findet er schnell, aber da sind so viele Hebel und Knöpfe, daß er nicht weiß, welcher davon für welches Licht ist. Er kann auch nicht von der Sakristei aus in die Kirche sehen oder vorher alles ausprobieren, nur hören kann er. Er hört den Posaunenchor, den Männergesangverein, die Predigt und die Orgel. Dann hört er, wie wir zu singen anfangen. Er überlegt, daß der Knopf für das Licht über dem Eingang irgendwo in der Mitte sitzen müßte, und drückt auf den unteren mittleren Schalter. Das war die Lampe in der Sakristei, und Fritz sitzt erst einmal im Dunkeln. Nachdem er sich etwas beruhigt hat und es ihm geglückt ist, das Licht wieder einzuschalten, hört er, daß wir schon bei der

zweiten Strophe angelangt sind. Schnell drückt er einen etwas höhergelegenen Schalter – da geht das Licht auf der rechten Seite der Empore aus.

August Lütge brüllt laut: »Liiiicht an«, dann schlägt er sich erschrocken auf den Mund; er hat vergessen, daß er in der Kirche und nicht auf der Kegelbahn ist. Doch Fritz Wille hat den Ruf gehört, und das Licht der Empore geht wieder an. Unsere Strophe ist fertiggesungen, nun setzt die Orgel ein. Wir haben uns noch nichts dabei gedacht, als das Licht auf der Empore einmal kurz aus- und schnell wieder anging.

Als jetzt aber plötzlich die drei großen Leuchter im Mittelschiff ausgehen, starren wir alle nach oben, der Pastor auch. Mit erhobenem Gesicht singen wir die dritte Strophe. Wir sind noch dabei, als die Leuchter wieder angehen, dafür sind die Lampen in beiden Seitenschiffen aus.

Im linken Seitenschiff sitzt ganz am Ende einer Reihe unser Elektrikermeister, Johann Bosse. Mit Besorgnis hat er die wechselnde Beleuchtung beobachtet, denn niemand weiß so gut wie er, daß in der nächsten Zeit einige Reparaturen unumgänglich sind. Bei dem feierlichen Orgelspiel, das nach unserem Gesang wieder an der Reihe ist, steht er auf und drängt sich durch die Reihe. Dadurch entsteht einige Unruhe, jedoch nicht mehr als auf der Empore, die jetzt im Dunkeln liegt. Allerdings sind die Seitenschiffe wieder erleuchtet.

Wir singen und sehen Johann Bosse nach, wie er durch den Mittelgang eilt. Er wird den Fehler schon finden, denken wir. Eine Sekunde lang ist das Licht ganz weg, und nur vorn der Christbaum erstrahlt, danach leuchten alle Lampen wieder auf, die irgend leuchten können.

Der Pastor ist die Treppe von der Kanzel heruntergeklettert und läuft hinter dem Elektrikermeister her. Sie verschwinden hinter der Tür zur Sakristei.

Der Pastor fehlt uns sehr. Wenn er nicht vorneweg singt, müssen wir die Gesangbücher aufschlagen. Wir geraten mit dem Text durcheinander, einige singen die vierte, andere schon die fünfte und sechste Strophe. Doch wir schaffen auch das, und die Orgel kann uns wieder ablösen.
Kurz hintereinander flackern jetzt die Kerzen am Christbaum drei-

mal aus und an, danach verlöschen sie. Gleich darauf liegt die ganze Kirche im Dunkeln. Die Orgel verklingt mit einem immer tiefer werdenden Pfeifton, wir sind stolz, daß sie seit dem letzten Sommer elektrische Blasebälge hat.
In der Sakristei hat Fritz Wille, unterstützt vom Elektrikermeister und vom Pastor, einen Kurzschluß gemacht.
Zum Glück kennt Johann Bosse die Schalttafel auch im Dunkeln ganz genau. Es ist nicht das erste Mal, daß er hier steht. Er findet die Sicherungen, und das Licht geht überall wieder an. Die Orgel pfeift wie eine Lokomotive, ehe sie mit einem neuen Zwischenspiel einsetzt. Der Pfarrer steht wieder auf der Kanzel, und wir holen Luft, um die letzte Strophe zu singen.
Da erdröhnen die Glocken.
Fritz Wille hat sich in der Sakristei abgestützt und den Hebel für das Geläut erwischt. Es ist für uns das Zeichen, daß der Gottesdienst vorüber ist, und wir drängen aufgeregt zum Ausgang. Wir sehen nicht mehr, daß der Elektrikermeister nun in der richtigen Reihenfolge die Lampen verlöschen läßt, bis allein der Christbaum strahlt. Wir gehen nach Hause, als kämen wir aus einem Kino.

Die Geschichte vom Lamettabaum

Jedes Jahr war die ganze Verwandtschaft am ersten Feiertag bei Tante Trude eingeladen.
Tante Trude war viel feiner als die Verwandtschaft. Sie hatte eine große Wohnung mit vielen Räumen, die lagen voller Teppiche, hingen voller Bilder und standen voller Polstermöbel.
Tante Trude hörte es gern, wenn man ihr sagte, wie besonders vornehm und elegant alles bei ihr war. Aber zu Weihnachten sollte noch etwas anderes bewundert werden.
Wenn die Verwandtschaft kam, stand sie an der Tür und rief: »Seht euch zuerst meinen Baum an!«
Alle gingen hinein und staunten: »Wie ist er wieder herrlich! Wunderschön, phantastisch, sagenhaft, enorm und ohnegleichen! Man kann den Blick nicht von ihm wenden!«
Der Baum reichte bis zur Decke, und Tante Trudes Wohnung hatte hohe Decken. Er steckte voll unzähliger Kerzen, und von jedem Zweig hingen ganz ordentlich, einzeln, im gleichen Abstand und in derselben Länge, dicht an dicht, Lamettafäden.
Fünf ganze Tage hatte Onkel Otto auch dieses Mal wieder gebraucht, um es Tante Trude recht zu machen und den Lamettabaum zu schmücken.
»Und es ist der größte, den es in der ganzen Stadt zu kaufen gab«, sagte sie, »nur vor dem Rathaus steht ein größerer, aber der ist schief!«
»Dieser hier ist ganz gerade«, sagte ein alter Onkel, und alle stimmten ihm zu.

Sie nahmen in den Sesseln Platz. Onkel Otto stieg auf eine Trittleiter. Er brauchte lange, bis alle Kerzen brannten. Ein unverheirateter Vetter setzte sich ans Klavier. Eine Kusine blätterte die Noten um. Tante Trude stimmte Weihnachtslieder an, die alle mitsangen. Die Kinder hatten zu Hause pauken müssen. Sie traten nacheinander vor und sagten ein Gedicht auf. Wehe, wenn sie steckenblieben! Am Schluß machten sie einen Knicks oder eine Verbeugung und bekamen von Tante Trude einen Kuß. Und alle sagten: »Wie niedlich«, saßen da und starrten wieder den Baum an.
Es war langweilig.
Endlich erhob sich Tante Trude, und alle sprangen schnell auf. Onkel Otto löschte die Kerzen und öffnete hinter dem Baum eine Schiebetür. Gleich dahinter stand im Nebenzimmer die lange Kaffeetafel. Die Verwandtschaft drängte hinüber, und Tante Trude erklärte, wo jeder sitzen sollte.
Es gab den berühmten Streuselkuchen, den nur sie backen konnte. Das sagten alle, weil Tante Trude immer wieder fragte, ob sie je woanders solchen Streuselkuchen bekommen hätten.
»Nirgends«, sagte der alte Onkel, »diesen Streuselkuchen bekommen wir nur bei dir, niemand backt ihn so wie du.«
Alle sagten auch, daß der Kaffee ganz einzigartig sei, daß sie noch niemals eine so geschmackvolle Tischdecke gesehen hätten und daß sie Tante Trude um die schönen Kaffeetassen beneideten.
»Na, und mein Kleid?« fragte sie.
Da konnten alle nur die Augen verdrehen, denn sie fanden keine Worte mehr.
Sie langweilten sich schrecklich.
Nur zwei Kinder langweilten sich nicht, die hießen Lottchen und Martin. Sie waren heimlich unter den Tisch gekrochen. Dort spielten sie zuerst, daß sie in einer Höhle wohnten. Sie saßen ganz still unter der Tischdecke, die bis auf den Teppich reichte.
Später spielten sie, daß sie Spatzen seien, und pickten die Streusel-

krümel auf, die besonders zahlreich bei Onkel Otto unter dem Stuhl lagen.
Danach spielten sie Pferdestall, denn die vielen Füße scharrten hin und her und stampften manchmal wie Pferde. Sie mußten flink sein, um nicht getreten zu werden.
Großmama hatte die Schuhe ausgezogen, die versteckten sie bei dem unverheirateten Vetter. Martin bekam von der Kusine, die für alle noch einmal Kaffee einschenkte, einen Tritt an den Kopf. Darüber mußte Lottchen lachen. Sie krochen überall herum und gelangten schließlich unter den Baum. Das Lametta hing so tief herunter, daß niemand sie sehen konnte.
Der Baum war in einen Eisenfuß geschraubt. Martin und Lottchen staunten, wie dick der Stamm war.
»Den wirft niemand um«, sagte Lottchen und rüttelte ganz unten, aber der Baum stand fest.
»Wenn er nun umfällt, was wäre dann?« sagte Martin.
»Den wirft niemand um«, wiederholte Lottchen.
Martin richtete sich etwas auf und drückte weiter oben gegen den Stamm. Er wunderte sich, wie leicht es war, den großen Baum zu kippen.
Tante Trude reichte gerade süßen Likör, den alle lobten.
Da senkte sich der Baum ganz langsam und fiel der Länge nach auf die Kaffeetafel. Seine Spitze reichte genau bis zu Tante Trude. Die Zweige bedeckten Tassen und Teller, Streuselkuchen und Likör. Nur die Köpfe der Verwandtschaft ragten aus dem Geäst, und alle hatten glänzende Haare aus Lamettafäden. Es sah wunderhübsch aus, aber das sagte diesmal niemand.
Alle sprangen auf, befreiten sich gegenseitig und versuchten, den Baum wieder aufzurichten. Das war viel schwerer, als ihn umzukippen.
Aber es war jetzt nicht mehr langweilig.
Alle hatten zu tun. Sie mußten das Geschirr zusammenräumen, die

Tannennadeln aus dem Streuselkuchen sammeln und sich das Lametta aus dem Haar kämmen.
Tante Trude lief umher und jammerte: »Es ist ein Rätsel, wie das passieren konnte, und es ist eine Tragödie, wie es hier aussieht.«
Dann erwischte sie Onkel Otto und rief: »Seit Jahren möchte ich, daß du den Baum fester aufstellst. Nun hast du die Bescherung.«
Onkel Otto schlug Nägel in den Türrahmen und band den Baum mit

Stricken fest. Aber das war Tante Trude auch nicht recht. Die ganze Verwandtschaft tröstete sie. Alle sagten aus ganzem Herzen, so gut hätte es ihnen noch nie bei ihr gefallen. Großmama hatte endlich ihre Schuhe gefunden und drängte nach Hause.

»Seht nur, wie blaß Lottchen und Martin vor Schreck geworden sind. Dabei waren sie so brav, daß wir den ganzen Nachmittag nichts von ihnen gemerkt haben.«

Die Gutenacht-Geschichte

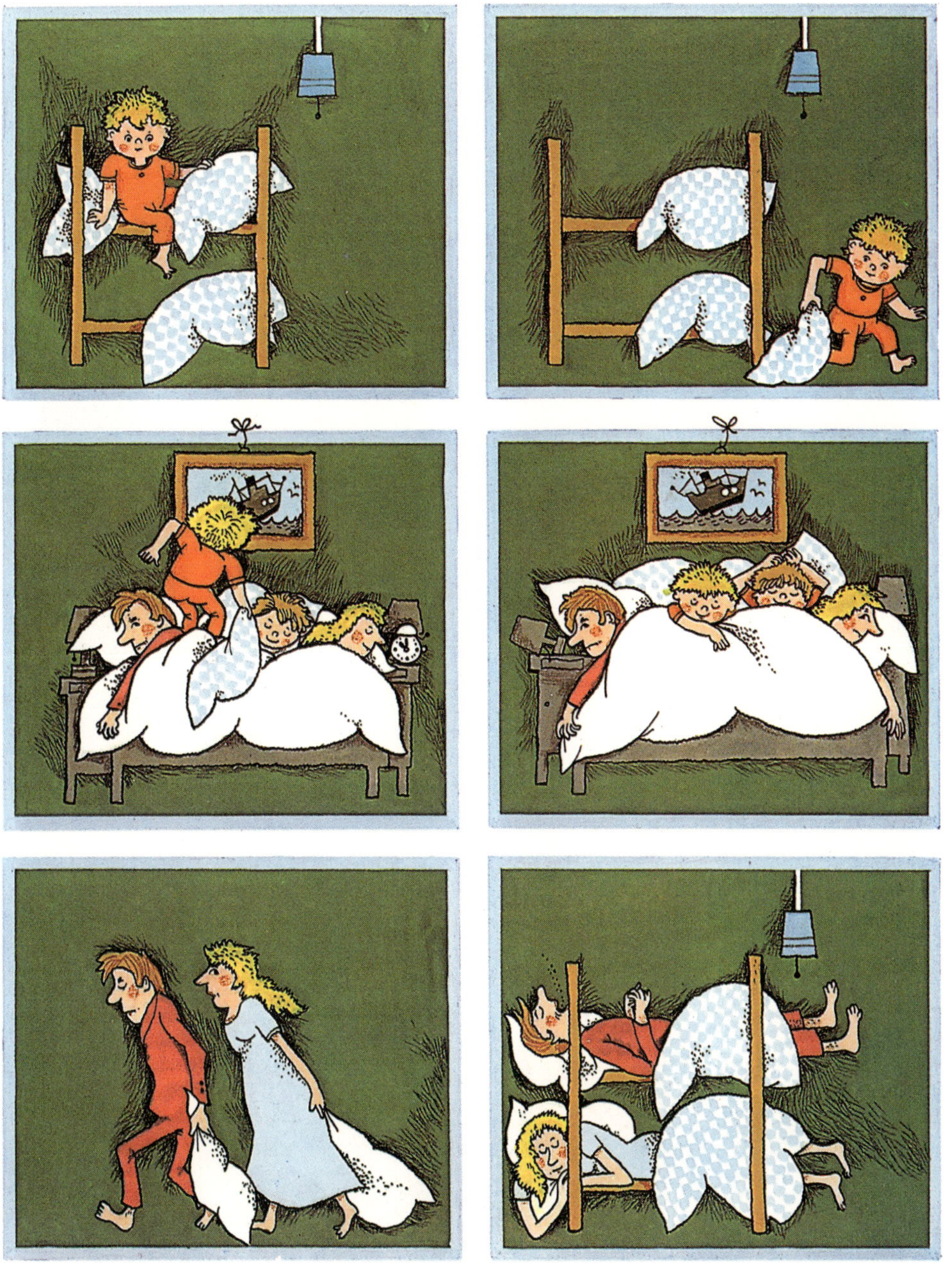

Allerlei von irgendwo

Zinnober in der grauen Stadt

Maler Zinnober wohnte in einer dunklen, staubigen Stadt.
Die Häuser waren schwarz vom Rauch der Schornsteine.
Die Leute trugen graue Kleider.
Sie fuhren in dunklen Autos.
»In unsere Stadt gehören keine Farben«, sagten sie.
Maler Zinnober hatte Farben gern: Himmelblau und Rot, Hellgrün und Zitronengelb.
Aber in Zinnobers Farbtöpfen war nur Schwarz und Grau, denn so wollten es die Leute.
Sollte er ein Haus anstreichen, sagte der Besitzer: »Malen Sie es

grau, es wird doch wieder schmutzig.« Mußte ein Zaun neu gestrichen werden, hieß es: »Nehmen Sie lieber gleich Schwarz, da sieht man den Ruß nicht so.« Es machte keinen Spaß, in dieser Stadt Maler zu sein.
Eines Tages strich Zinnober ein Haus in der Altstadt an. Es war schmal und hoch und hatte kleine schmutzige Fenster.
Das Haus gehörte Herrn Brüll, dem Altwarenhändler. Er stand hinter der Scheibe und sah Maler Zinnober bei der Arbeit zu.
Plötzlich riß er das Fenster auf und schrie:
»Verflixte Bengel, was malt ihr da vor meinem Haus?«
Zinnober drehte sich vorsichtig auf dem Gerüst um. Unter sich sah er zwei Jungen. Die hockten da und malten mit bunter Kreide eine Sonne, Sterne und einen Mond auf das Pflaster.
Das gefiel Maler Zinnober. Vor Vergnügen machte er einen Satz. Da schwankte das Brett, der Farbtopf kippte, und die Farbe platschte auf das Pflaster.
Bald war nichts mehr von Sonne, Mond und Sternen zu sehen.
»Gut gemacht«, brummte Herr Brüll und schloß das Fenster. Zinnober rief: »So ein Pech! Das wollte ich nicht!«
Aber Jonas und Thomas hörten es nicht.
Sie sprangen wütend auf der Straße herum und schrien: »Graumaler! Schwarzmaler!« Und das riefen sie auch hinter ihm her, als Zinnober mit der Arbeit fertig war und nach Hause ging: »Graumaler, Schwarzmaler.«
Zinnober ärgerte sich.
Das mußte ausgerechnet mir passieren, dachte er.
Das Abendbrot schmeckte ihm nicht.
Einschlafen konnte er auch nicht.
Er kramte lange in seiner Werkstatt.
Dann lud er eine Kiste in sein Auto. Er wartete, bis alle schliefen, und fuhr los.
Mitten in der Stadt, auf einem großen Platz, stieg er aus. Hier stan-

den die Kaufhäuser. Hier hielten am Tag die Busse und Straßenbahnen. Ich muß mich beeilen, dachte Zinnober. Er hob die Kiste aus dem Auto. Aus der Kiste holte er Farbtöpfe, Pinsel und Spritzpistole. Was hatte Zinnober vor?

»Ich will kein Graumaler mehr sein«, murmelte Zinnober vor sich hin. Er fing an, das Pflaster zu bemalen. Er nahm die schönsten Farben, die er hatte. Er nahm kein Grau und kein Schwarz, er malte bunt. Zinnober bemalte den ganzen Platz.

Er merkte nicht, wie die Zeit verging.

Langsam wurde es hell. Da hörte er Schritte. Hastig packte Zinnober die Farben, Pinsel und die Spritzpistole in das Auto.

Er versteckte sich in einem Hauseingang.

Die ersten Leute kamen. Es waren Männer und Frauen, die zur Arbeit gingen. Sie waren noch müde und verschlafen. Plötzlich rieben sie sich verblüfft die Augen. »Was ist das?« rief ein Mann. »Träume ich?« Eine Frau sagte: »Das ist wie in den Ferien!« Jetzt waren alle munter. Lachend fuhren sie im Bus davon. Später kamen die Schulkinder. Als sie den bunten Platz sahen, hüpften sie vor Freude. Sie rannten hin und her und sprangen herum. Sie kamen alle zu spät zur Schule.

Am Vormittag gingen Frauen mit Einkaufstaschen über den Platz. Als sie die Blumen sahen, wurden sie fröhlich.

Manche liefen ins Kaufhaus und fragten nach bunten Tüchern. Aber die gab es nicht, es gab nur graue Sachen im Kaufhaus.

Maler Zinnober hatte alles beobachtet.

Er staunte: »Merkwürdig, erst wollte hier niemand etwas von Farben wissen, und nun freuen sie sich darüber. Vielleicht wußten sie gar nicht mehr, wie Farben aussehen!«

Er sprang in sein Auto und gab Gas. Mit einem Ruck sauste er los. Dabei wackelten die Farbtöpfe, und einer fiel um.

Zinnober hinterließ eine rote Spur.

Jonas und Thomas kamen um die Ecke.

Sie standen da und rissen die Augen auf. Jonas sagte: »Es gibt einen Buntmaler.«
»Aber wir kennen ihn nicht«, antwortete Thomas. Sie sahen sich um.
Plötzlich rief Jonas: »Da!«
Da war die rote Spur.
Jonas und Thomas liefen der Spur nach, bis sie aufhörte. »Hier muß er wohnen«, sagte Thomas und klingelte. Zinnober machte auf. Jonas und Thomas waren starr vor Erstaunen. »Der Graumaler«, flüsterten sie. »Ach was«, rief Zinnober, »jetzt wißt ihr, daß ich genau so ein Buntmaler bin wie ihr.« Dann saßen sie in der Werkstatt und machten Pläne. So bunt wie der Platz sollte die ganze Stadt werden.
Maler Zinnober, Jonas und Thomas fingen sofort an.

CP14

Sie bemalten Mauern und Zäune, Treppen und Wände, Laternen, Bänke und Papierkörbe. Sie strichen Geländer, Fenster und Türen an. Sogar die große Brücke nahmen sie sich vor und noch viel mehr. Aber die Stadt war zu groß für die drei Buntmaler.
Fast hätten sie aufgegeben. Da merkten sie, daß sie nicht mehr allein malten.
Überall waren jetzt Buntmaler am Werk.
Zinnober sagte zu Jonas und Thomas: »Bald haben wir es geschafft.« Und sie machten sich wieder auf und arbeiteten weiter.
Die drei kamen auch zum Haus von Herrn Brüll. Das war so grau wie zuvor. Kaum hatte Maler Zinnober begonnen, die Haustür blau anzustreichen, riß Herr Brüll das Fenster auf und schrie:
»Sofort aufhören! Ich rufe die Polizei!«
Kurz darauf brauste das Polizeiauto um die Ecke.
Viele Leute rannten hinterher. »Was gibt's?« fragten die Polizisten.
»Ich will nicht«, rief Herr Brüll, »daß dieser... dieser Buntmaler mein schönes, graues Haus versaut!« Der eine Polizist sagte zu Maler Zinnober: »Das Haus gehört Herrn Brüll. Und er wünscht keine blaue Tür. Schade.« Da strich Zinnober die Tür wieder so grau, wie sie vorher war.
Die Leute standen da und murrten.
Die Stadt veränderte sich nun immer mehr. Es gab bunte Sachen zu kaufen. Die Leute trugen lustige Kleider und Anzüge. Manche färbten sich die Haare. Der Optiker setzte farbige Gläser in die Brillen. Der Bäcker spritzte bunte Zuckerglasur auf die Torten. Beim Zoohändler gab es Vögel und Fische in allen Farben.
Genauso bunt sahen die Busse und Autos jetzt aus. Später gelang es sogar, den Rauch der Schornsteine hell und sauber zu machen.
Ganz fröhlich sah die Stadt jetzt aus.
Von nun an hieß sie Zinnoberstadt, und alle wohnten gern hier. Es gab viel zu sehen. »Farben gehören in unsere Stadt«, sagten die Leute. Und Zinnober machte es Spaß, in dieser Stadt Maler zu sein.

Eine ungemein langweilige Bärengeschichte

Aber so sehr das Bärenkind auch suchte: die Bären dazu, die fand es nicht. Da wurde ihm die Wüste ganz ungemein langweilig und es lief wieder heim

Karli und Stine

Der Regenmantel

Stine geht gern einkaufen. Am liebsten kauft sie billig ein. Wenn sie etwas billig bekommen kann, dann kauft sie es sofort.

Eines Tages kauft Stine einen Regenmantel. Einen ganz billigen Regenmantel. Zu Hause probiert sie den Regenmantel an. Der Regenmantel reicht bis auf den Boden. Stine geht darin auf und ab. Sie tritt auf den Saum und fällt hin.

»Das macht nichts«, sagt Stine. »Regenmäntel müssen so lang sein. Dann bleiben die Schuhe darunter trocken.«

»Aber du kannst darin nicht gehen«, sagt Karli.

»Das macht nichts«, sagt Stine, »dann stehe ich eben still. Die Hauptsache ist doch, ich werde nicht naß.«

»So was Dummes«, sagt Karli.

Stine wartet, bis es endlich regnet. Sie zieht den Regenmantel an und stellt sich mitten in den Garten.

Der Nachbar ruft herüber: »Habt ihr eine neue Vogelscheuche?«

Karli ruft zurück: »Es ist nur Stine.«

Er bleibt im Haus und sieht aus dem Fenster.
Stine steht im Regen. Der Regenmantel reicht bis auf die Erde.
Nach einer Weile sieht Karli wieder aus dem Fenster. Er staunt. Unter dem Regenmantel gucken Stines Schuhe hervor. Und nach einer Weile ihre Beine.
Karli reißt das Fenster auf.
Er ruft: »Stine, du wächst!«
Stine ruft zurück: »Na und? Auch Blumen wachsen im Regen!«
Stines Beine werden immer länger. Jetzt sind schon ihre Knie zu sehen. Dann hört der Regen auf.
Stine rennt ins Haus. Sie stellt sich neben Karli und fragt: »Bin ich nun größer als du?«
Stine ist immer noch genauso groß wie Karli.
Aber der Regenmantel ist ganz klein. In der Nässe ist er nämlich eingelaufen.

Der Drache

Mach Platz für den Drachen!« ruft Karli. »Für welchen Drachen?« fragt Stine. »Ich sehe keinen.«
»Ich sehe auch keinen«, sagt Karli. »Es ist ein unsichtbarer Drache.«
Karli und Stine räumen das Zimmer aus, damit der Drache Platz hat. Sie tragen den Tisch und die Stühle in den Schuppen. Sie schieben den Schrank in den Garten. Sie schleppen den Spiegel in die Küche. Dabei geht der Spiegel kaputt.
»Jetzt sperren wir den Drachen ins Zimmer, damit er uns nicht wegläuft«, sagt Karli. Er schließt die Tür ab und sagt zu Stine: »Wenn der Drache Hunger hat, ist er nämlich gefährlich.«

»Was frißt denn der Drache?« fragt Stine.
»Er frißt Löwen, Elefanten und Krokodile. Aber nur unsichtbare«, sagt Karli.
Stine überlegt. »Wo sollen wir die herbekommen?« fragt sie.
»Weiß ich auch nicht«, sagt Karli.
»Dann müssen wir den Drachen schnell wieder loswerden. Sonst frißt er uns!« ruft Stine. Aber Karli sagt: »Keine Bange. Wir sind nicht unsichtbar. Der Drache frißt nur Unsichtbares.«
»Dann ist es gut«, sagt Stine. Sie will sich im Spiegel ansehen. Doch im Spiegel sieht sie nichts.
»Karli«, ruft Stine erschrocken, »wir sind unsichtbar!«
»Dann müssen wir sofort fliehen!« ruft Karli. Karli und Stine fliehen in den Garten. Die ganze Nacht hocken sie unterm Kirschbaum und haben Angst. Am nächsten Morgen schleicht Karli vorsichtig ins Haus. Er guckt durch das Schlüsselloch ins Zimmer.
»Ich weiß nicht, ob der Drache noch da ist«, sagt er.
»Laß lieber die Tür zu«, sagt Stine. Dann ruft sie: »Karli, wir sind gar nicht unsichtbar. Der Spiegel ist nur kaputt!«
Da reißt Karli die Zimmertür auf und ruft: »Dann brauchen wir auch keine Angst vor dem unsichtbaren Drachen zu haben!«

Angeber

Manchmal geben Karli und Stine mächtig voreinander an. Stine sagt: »Ich kann aus dem Fenster springen.«
»Kannst du nicht«, sagt Karli.
»Kann ich doch«, sagt Stine. Sie klettert auf das Fensterbrett und sieht hinaus. Es ist ein bißchen hoch.
»Alles nur Angabe!« ruft Karli.
»Keine Angabe«, sagt Stine, »du wirst schon sehen, wie ich springe.«
Vorher trägt sie ihre Matratze und ein paar Kissen hinaus und legt alles unter das Fenster. Dann kommt sie wieder herein. Sie klettert auf das Fensterbrett und sieht hinaus. Es ist immer noch ziemlich hoch. Doch gesagt ist gesagt.
Stine macht die Augen zu und springt. Sie landet in den Kissen auf der Matratze. Es tut ein bißchen weh.
Stine steht auf und sagt stolz zu Karli: »Was sagst du nun?«
Karli sagt erst mal nichts. Dann aber sagt er: »Aus dem Fenster hier unten zu springen ist keine Kunst. Ich gehe jetzt auf den Dachboden und springe dort vom Fensterbrett.«
»Machst du nicht«, sagt Stine.
»Mach ich doch«, sagt Karli.
Er steigt die Treppe hoch.
Stine steigt hinterher.
Oben sehen sie aus dem Fenster.
Von hier aus ist es nun wirklich sehr hoch.
Höher als der Kirschbaum. Der Garten sieht ganz klein aus.
Stine sagt: »Spring lieber nicht.«
»Gesagt ist gesagt«, sagt Karli. »Ich werde von diesem Fensterbrett hier springen.«
Stine bewundert Karli. Zugleich hat sie Angst um ihn.

Karli klettert auf das Fensterbrett. Er ruft: »Achtung, ich springe!« Aber er springt nicht hinunter in den Garten. Er springt nur nach innen auf den Dachboden.
Enttäuscht ruft Stine: »Du Angeber, du!«

Der Karton

Mitten auf der Straße liegt ein Karton.
Karli sagt: »Den hat jemand verloren.«
Am Nachmittag liegt der Karton immer noch da.
Stine sagt: »Den haben wir jetzt gefunden.«
Sie laufen hin und holen den Karton.
Karli meint: »Finden ist viel besser als kaufen. Erstens ist Finden umsonst. Und zweitens ist Finden eine Überraschung. Ich bin gespannt, was in dem Karton drin ist.«
»Ich auch«, sagt Stine. »Mach ihn schnell auf.«
Karli nimmt eine Schere und zerschneidet die Schnur, die um den Karton geknotet ist. Dann legt er die Schere weg und sagt:
»Vielleicht ist ein Löwe drin. Oder eine Bombe. Oder eine Maus. Oder Gift. Oder sonstwas Schlimmes.«
»Kann sein«, sagt Stine. »Aber vielleicht ist auch eine Torte drin. Oder kleine süße Kätzchen. Oder Geld. Oder sonstwas Gutes.«
»Kann natürlich ebensogut sein«, sagt Karli.
Er macht den Karton auf.
Im Karton ist eine Schachtel.
In der Schachtel ist eine Dose.
In der Dose ist eine Tube. Karli schraubt die Tube auf und drückt. In der Tube ist – NICHTS.
»Pech gehabt!« rufen Karli und Stine.

Stine schraubt die Tube wieder zu und legt sie in die Dose.
Und die Dose in die Schachtel.
Und die Schachtel in den Karton.
Dann wickelt sie eine Schnur darum und verknotet sie.
Karli und Stine legen den Karton wieder mitten auf die Straße.
Genau dorthin, wo er vorher gelegen hat.
Nach einer Weile kommt ein Mann und findet den Karton. Er hebt ihn auf, besieht ihn von allen Seiten, guckt sich um und läuft damit weg.
Am nächsten Morgen liegt der Karton wieder mitten auf der Straße.
Diesmal finden ihn drei Schulkinder.

Die Geschichte vom kleinen Kuckuck

Ein dicker fetter Dackel

Hinten im letzten Haus ist immer viel Betrieb.
Die Haustür geht auf, die Haustür geht zu, vom Morgen bis zum Abend.
Da trampeln drei Elefanten um die Ecke. Eine Schildkröte schleicht hinterher. Ein Frosch hüpft durch die Tür. Fledermäuse flattern herbei. Ein Kaninchen hoppelt an ihnen vorbei. Ein Krokodil keucht die Stufen hoch und tritt fast auf ein paar Ameisen.
Manche Tiere haben einen weiten Weg hinter sich. Sie kommen aus Afrika und sogar aus Bayern. Andere kommen aus dem Wald oder nur von nebenan.
Merkwürdig ist, daß nur Tiere kommen.
Niemals kommt ein Mensch.
Aber vielleicht ist das gar nicht so merkwürdig, denn hinten im letzten Haus wohnt Herr Doktor Schimmel. Er ist Tierarzt. Tiere gehen eben zum Tierarzt. Menschen gehen zum Menschenarzt. Allerdings ist Doktor Schimmel kein gewöhnlicher Tierarzt. Gewöhnliche Tierärzte wissen zwar, daß bei Tieren der Kopf vorn und der Schwanz hinten ist. Sie schienen gebrochene Haxen und heilen zerkratzte Nasen. Sie haben Pillen gegen Würmer und gegen Durchfall. Manchmal geben sie auch eine Spritze. Dann können die Tiere nicht fragen, wogegen die Spritze ist. Gewöhnliche Tierärzte kennen sich mit der Tiersprache nicht aus. Sie können grade noch »Wau-wau« und »Miau« unterscheiden. Gewöhnliche Tierärzte sind nämlich Menschen.
Doktor Schimmel ist ein besonderer Tierarzt.
Er kann alles, was andere Tierärzte auch können. Aber er kann noch

viel mehr. Er kann mit den Tieren reden. Er versteht, was sie sagen, und antwortet so, daß sie ihn verstehen.
Doktor Schimmel ist nämlich selbst ein Tier. Er ist ein weißes Pferd. Er hat eine Sprechstundenhilfe. Sie heißt Fräulein Maus, und sie ist auch eine.
Es hat sich schnell unter den Tieren herumgesprochen, daß Doktor Schimmel der beste Tierarzt ist. Jeden Tag ist das Wartezimmer gerammelt voll. Die Tiere sitzen dicht gedrängt und warten, bis sie an der Reihe sind.
»Der nächste, bitte!« sagt Doktor Schimmel.
Fräulein Maus läßt einen dicken, fetten Dackel herein.
Doktor Schimmel schüttelt den Kopf.
»Sie sind viel zu dick und viel zu fett. Das ist nicht gesund«, sagt er. »Ich verschreibe Ihnen Tabletten. Nehmen Sie täglich eine. Essen Sie aber sonst gar nichts. Bald werden Sie rank und schlank sein.«
Der Dackel schnauft böse: »Wer sagt denn, daß ich rank und schlank sein will? Ich gefalle mir gut, so dick und fett. Mir gefällt nicht, daß meine Beine immer kürzer werden. Sehen Sie, mein Bauch hängt schon auf der Erde. Er schleift, wenn ich gehe. Darum möchte ich ein Mittel, daß meine Beine wieder wachsen.«
Doktor Schimmel sieht sich den Dackelbauch an. Der sieht wirklich schlimm aus. Er platzt fast. Zudem ist er fast nackt, denn das Fell ist abgewetzt.
Doktor Schimmel reibt den Dackelbauch mit Salbe ein, und der Dackel strampelt empört mit seinen kurzen Beinchen.
»Weiter kann ich nichts für Sie tun«, sagt Doktor Schimmel, »es gibt kein Mittel, daß Dackelbeine wachsen.«
Der Dackel schnauft: »So ein Mist! Dabei geht es mir sonst so gut. Ich habe guten Appetit und kann gut schlafen. Und wenn meine Beine länger wären, würde ich spazierengehen, so wie früher.«
»Ich hab's«, sagt Doktor Schimmel, »wo sind Sie spazierengegangen, früher?«

»Immer rund um den Stadtpark«, sagt der Dackel.
Doktor Schimmel sagt: »Buddeln Sie sich rund um den Stadtpark eine Rinne, grade breit genug für Ihren Bauch. Dann können Sie so spazierengehen, daß der Bauch in der Rinne liegt.«
»Keine schlechte Idee«, sagt der Dackel und schleift hinaus.
Nach einer Woche ist er wieder da. »Ich bin es«, sagt er, denn Fräulein Maus hat ihn nicht erkannt.
Der dicke, fette Dackel ist jetzt rank und schlank.
»Ich sehe, es geht Ihnen besser«, sagt Doktor Schimmel.
»Es geht mir viel schlechter«, stöhnt der Dackel, »diese Rinne rund um den Stadtpark hat mir mächtig viel Arbeit gemacht. Als ich sie fertiggebuddelt hatte, war mein schöner Bauch weg. Was soll ich jetzt mit der Rinne anfangen? Ich brauche sie nicht mehr. Ebensogut kann ich daneben laufen, denn auch meine Beine sind wieder lang geworden.«
»Seien Sie froh und laufen Sie nebenher«, sagt Doktor Schimmel.
»Nein, das sehe ich nicht ein«, sagt der Dackel, »ich will mich nicht vergebens abgemüht haben. Nun will ich meinen Bauch auch in die Rinne hängen. Geben Sie mir ein Mittel, daß ich schnell wieder dick und fett werde.«
»Da gibt es nur ein Mittel: Essen Sie immerzu«, sagt Doktor Schimmel.
Und zu Fräulein Maus sagt er: »Diesem Dackel kann auch ich nicht helfen.«

Ein durchgedrehter Kater

»Der nächste, bitte!« sagt Doktor Schimmel.
Als Fräulein Maus die Tür aufmacht, taumelt ein Kater herein. Er dreht sich ein paarmal um sich selbst. Dabei reißt er Fräulein Maus fast um.
Der Kater jault in den höchsten Tönen.
Fräulein Maus hält sich die Ohren zu und stöhnt: »Schrecklich.«
»Er braucht eine Beruhigungsspritze«, sagt Doktor Schimmel.
Danach liegt der Kater zwar ruhig auf dem Rücken, aber er singt immer noch ebensolaut.
»Das ist nicht auszuhalten«, jammert Fräulein Maus.
»Würden Sie bitte nicht mehr singen«, sagt Doktor Schimmel.
»Jiau, jiau, ich singe, denn ich bin ein großer Sänger«, jault der Kater.

»Alles schön und gut«, sagt Doktor Schimmel. »Aber darum sind Sie sicher nicht hergekommen.«
»Ich bin hier, weil mir so schrecklich schwindlig geworden ist, aber das hat sich gelegt, ich kann wieder gehen«, sagt der Kater.
Doktor Schimmel sagt: »Das liegt nur an der Spritze. Wenn ich Ihnen auf die Dauer helfen soll, müssen Sie mir erzählen, wovon Ihnen so schwindlig wurde.«
»Jiau, jiau«, sagt der Kater, »wie ich bereits sagte, bin ich ein großer Sänger. Ich bin mindestens dreimal besser als alle Sänger, die im Fernsehen auftreten. Das möchte ich endlich beweisen, jiau, jiau. Aber wie kommt man in einen Fernseher hinein? Die Dinger sind vorn und hinten zu! Vorn ist dickes Glas, und hinten sind zehn feste Schrauben! Ganz zufällig entdeckte ich gestern einen Fernseher, der offenstand. Ich dachte: ›Jiau, jiau, nichts wie hinein, jetzt schlägt deine große Stunde.‹ Dann machte ich das Glasfenster hinter mir zu. Innen lag weiches Zeug, auf dem ich es mir bequem machte, denn nun mußte ich abwarten. Schließlich weiß ich mit Fernsehern Bescheid. Ehe gesungen wird, kommt jemand und stellt das Programm ein. Ich brauchte nicht lange zu warten. Schon erschien eine Hand und drückte zwei oder drei Knöpfe. Es geht los, dachte ich und holte tief Luft. Jiau, jiau, ich wollte meinen ersten Ton von mir geben, da kam ein Wasserschwall über mich. Zugleich wiegte sich das weiche Zeug, auf dem ich saß, hin und her. Da ich mich auskenne, wußte ich sofort: Dies wird eine Sendung mit Seemannsliedern. Ich sang also so laut und so schön, wie ich konnte, ›jiau, jiau, jiau‹.«
»Danke, wir wissen, daß Sie ein Sänger sind«, sagt Doktor Schimmel, »erzählen Sie weiter.«
Der Kater sagt: »Dann wurde es eine lustige Sendung. Mir flogen Lappen auf den Kopf und auf die Schultern. Ich weiß, wie merkwürdig die Sänger im Fernsehen angezogen sind. Darum kam ich mir sehr schick vor. Ich mußte mich mächtig ranhalten, denn das Tempo wurde immer schneller. Ich sang und sang und sang, jiau, jiau, jiau.«

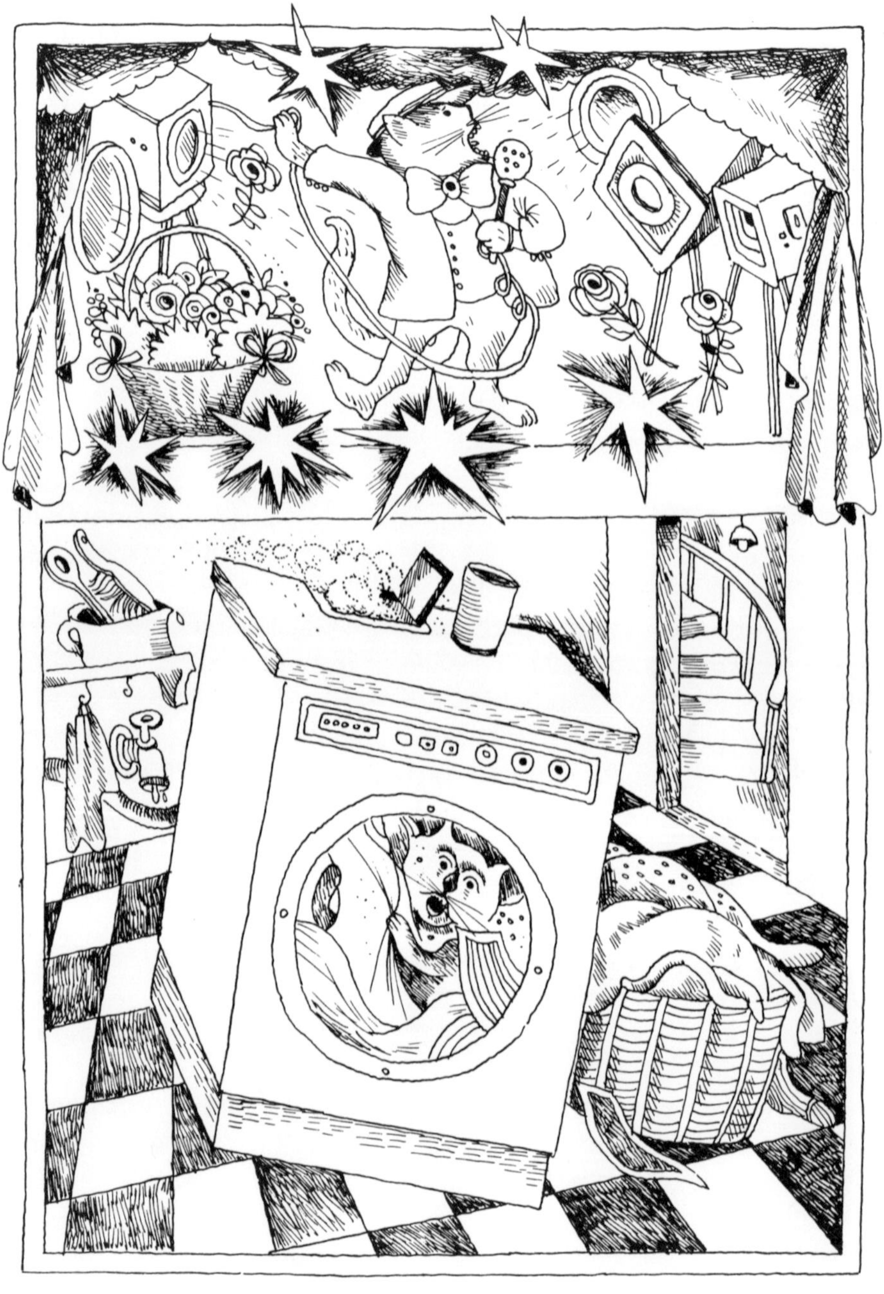

»Genug, bitte weiter«, sagt Doktor Schimmel.
»Dann kam etwas Schreckliches«, sagt der Kater, »plötzlich drehte sich alles rasend schnell um mich. Die Lappen und ich flogen kopfüber-kopfunter, kopfunter-kopfüber. Es nahm kein Ende. Und dabei mußte ich weitersingen! Schließlich konnte ich nicht wissen, ob das Programm schon zu Ende war. Und das Drehen hörte nicht auf! Das einzige Gute war, daß ich dabei trocken wurde. Dann riß eine Hand das Glasfenster auf, packte mich mitsamt den Lappen und stopfte uns in einen Korb. Von dort konnte ich entwischen, jiau, jiau.«
»Da haben Sie Glück gehabt, es hätte schlimmer ausgehen können«, sagt Doktor Schimmel.
»Noch schlimmer?« fragt der Kater. »Seither ist mir schwindlig, und ich kann nicht mehr gradestehen. Ist das nicht schlimm genug?«
Doktor Schimmel sagt: »Denken Sie eine Zeitlang nicht ans Fernsehen, und gehen Sie viel ins Freie, vielleicht auf den Hof oder auf die Straße, dann gibt sich der Schwindel.«
»Dann werde ich eben Straßensänger, jiau, jiau!« sagt der Kater und schwankt hinaus.
Fräulein Maus sagt: »Das war aber ein seltsamer Fernseher, in dem der Kater gesessen hat!«
»Es war gar kein Fernseher«, sagt Doktor Schimmel, »es war eine Waschmaschine.«

Eine ganz traurige Bärengeschichte

Es war einmal ein pechschwarzer
Bärenjunge. Der war immer allein.
Manchmal seufzte er:
Ach, hätte ich doch einen Bärenfreund!
Meinetwegen könnte er
ruhig Schneeweiß sein.

Da war auch mal
ein schneeweißer Bärenjunge.
Der war auch immer so allein.
Manchmal träumte er von einem
Bärenfreund, der war pechschwarz.

Leider lebte der schwarze Bärenjunge
im Süden in den Wäldern.
Der weiße Bärenjunge lebte im Norden
im Eismeer. Das war nur ein Grund,
warum sie keine Freunde wurden.
Der andere Grund war: Der schwarze Bärenjunge lebte vor
hundert und der weiße Bärenjunge lebte vor tausend Jahren.
Darum ist diese Geschichte ganz traurig!

Die Geschichte von der sehr eifrigen Hühnermutter

Der Fuchs im Fenster

Dieser Hund heißt Schnüffel. Er ist mittelgroß, hat geflecktes Fell und Hängeohren, die er beim Nachdenken über die Augen legt. Er denkt jedoch nur nach, wenn er dazu aufgefordert wird, sonst nicht.
Schnüffel ist nämlich faul.
Am liebsten liegt er vor seiner Hundehütte und schläft.
Leider wird er dabei oft von irgendeinem Tier gestört, das in der Klemme sitzt, in der Patsche steckt oder sonstwie Rat und Hilfe braucht.
Schnüffel ist nämlich klug.
Dazu ist er pfiffig, gewitzt und allen Tieren an Scharfsinn überlegen.
Es gibt keinen schwierigen Fall, den er nicht im Pfoteumdrehen löst.
Bei allen Tieren heißt er deshalb Schnüffel, der berühmte Hundedetektiv.
Schnüffel lag wieder mal faul vor seiner Hundehütte und schlief.
»Wer stört meine Ruhe?« knurrte er und klappte ein Auge auf.
Vor ihm saß der Fuchs und starrte ihn mit seinen grünen Schlitzaugen an.
Schnüffel konnte den Fuchs nicht leiden, denn er war ein Störenfried. Zum Glück gab es hier in der Gegend nur diesen einen. Er war gewöhnlich frech und unverfroren, jetzt sah er verschreckt aus.
»Ist was?« knurrte Schnüffel.
Der Fuchs nickte und fauchte: »Wie soll ich anfangen?«
»Immer von vorn«, meinte Schnüffel.
Der Fuchs fing also an: »Jetzt im Herbst verkriechen sich die meisten Tiere. Ich muß sehen, wo ich noch einen Leckerbissen herkriege.

Darum schlich ich heute nacht zum Bauernhof. Im Stall dort sitzen Hunderte von Hühnern, es fällt bestimmt nicht auf, wenn eins fehlt. Leider war die Stalltür verriegelt. Ich mußte also durch das Haus einsteigen. Erst witterte ich, ob die Luft rein war, dann sprang ich durch ein Fenster, das nur angelehnt war. Und jetzt kommt's!«
»Sie haben dich erwischt!« sagte Schnüffel und freute sich.
Der Fuchs wehrte ab: »Von wegen! Mich erwischt so leicht niemand. Nein, außer mir war noch ein anderer Fuchs da. Als ich an der Wand lang schlich, tauchte er hinter einer Fensterscheibe auf. Er sah richtig böse aus mit seinen grünen Schlitzaugen.«
»Wie du«, sagte Schnüffel, aber das überhörte der Fuchs.

Er fuhr fort: »Ich bekam einen Schreck. Vermutlich wollte der andere ebenfalls Hühner klauen. Ich hatte einen Trost: Ich war bereits im Haus, er war noch draußen. Und dort sollte er auch bleiben! Ich sprang an der Scheibe hoch und fletschte die Zähne. Was soll ich dir sagen? Er sprang auch hoch und fletschte auch die Zähne. Ein übler Bursche! Ich sprang noch mal, und diesmal klammerte ich mich am Fensterrahmen fest. Da passierte es.«
Schnüffel meinte: »Der andere Fuchs riß wohl aus?«
Aufgeregt fauchte der Fuchs: »Darum konnte ich mich jetzt nicht kümmern. Beim Sprung riß ich nämlich das ganze Fenster herunter. Es schepperte fürchterlich!«
»Und das hörte niemand?« fragte Schnüffel.
Der Fuchs stöhnte: »Klar! Alle hörten es! Im Haus klappten Türen, die Bäuerin erschien im Nachthemd und kreischte, Katzen fauchten, der Hofhund kläffte. Dann kam der Bauer und schoß. Es schepperte noch mal, denn er hatte das andere Fenster getroffen, durch das ich gerade floh. Er knallte noch ein paarmal hinter mir her, aber er verbrannte mir nur etwas die Schwanzspitze.«
Schnüffel sagte: »Das war dir hoffentlich eine Lehre, und du läßt die Hühner in Zukunft ungeschoren.«
Der Fuchs nickte. »Sämtliche Hühner können mir gestohlen bleiben. Um den Bauernhof mache ich von jetzt an einen Bogen. Darum bin ich nicht hier. Ich bin hier, weil die ganze Sache rätselhaft bleibt. Du bist Schnüffel, der berühmte Hundedetektiv, du mußt das Rätsel lösen.«
»Mir ist alles klar, was du erzählt hast«, sagte Schnüffel. »Was ist rätselhaft?«
Der Fuchs sagte: »Zweierlei. Erstens: Wo ist der andere Fuchs geblieben, den ich gesehen habe?«
Schnüffel antwortete: »Er wird sich aus dem Staub gemacht haben, als es geknallt hat.«
»Das dachte ich auch«, sagte der Fuchs. »Nach meiner Flucht habe

ich die Flur durchstreift. Es gab keine andere Fuchsspur außer meiner eigenen.«
Schnüffel erwiderte: »Dann ist auch erwiesen, daß du hier in der Gegend der einzige Fuchs bist. Darauf legst du doch großen Wert, nicht wahr?«
Der Fuchs war mit dieser Erklärung nicht zufrieden, aber er fuhr fort: »Da ist noch das zweite, das mich verrückt macht. Diesem Rätsel komme ich einfach nicht auf die Spur.«

»Ich bin gespannt«, sagte Schnüffel ergeben.
Der Fuchs sah ihn starr an und flüsterte: »Nachdem ich das andere Fenster heruntergerissen hatte, war dahinter die nackte Wand.«
Jetzt stellte Schnüffel die Ohren hoch. Er rief: »Sag das noch mal!«
Der Fuchs nickte zufrieden. Er sagte: »Wer weiß, ob du als berühmter Hundedetektiv dieses Rätsel lösen kannst. Also, es war so: Als ich ins Haus kam, waren im Zimmer zwei Fenster. Durch eins stieg ich ein, durch das andere belauerte mich der zweite Fuchs. Nachdem

ich zugeschlagen hatte, gab es nur noch ein Fenster. Das andere lag kaputt am Boden.«

»Bitte um Ruhe, jetzt muß ich nachdenken«, sagte Schnüffel und legte die Ohren über die Augen.

Der Fuchs wartete ungeduldig, dann fauchte er: »Mach schon! Was hast du rausbekommen?«

Schnüffel legte die Ohren zurück und sagte: »Du hast zwar einen großen Mund, aber schlau bist du nicht. Was du für den anderen Fuchs gehalten hast, warst du selber! Denn was du als Fenster heruntergerissen hast, das war ein...«

Was ist bloß mit dem Kuckuck los?»

Schnüffel lag wieder mal faul vor seiner Hundehütte und schlief.

»Wer stört meine Ruhe?« knurrte er und klappte ein Auge auf.

Vor ihm flatterten ungefähr zwanzig Vögel herum. Alle piepsten aufgeregt durcheinander: »Oh, Schnüffel, du bist der berühmte Hundedetektiv, der alles weiß und alles rauskriegt. Was ist bloß mit dem Kuckuck los?«

Schnüffel sagte: »Bitte nicht alle auf einmal, sonst kriege ich Ohrensausen.«

Die Vögel schubsten eine Meise vor. Sie piepste: »Es ist schrecklich. Wir wissen nicht, was wir machen sollen. Wir sind die Vögel aus dem Garten dort drüben. Ein wunderschöner Garten! Reichlich Kompost voller Regenwürmer, üppige Hecken voller Beeren.«

»Worüber beklagt ihr euch dann?« wollte Schnüffel wissen.

»Über diesen Kuckuck!« piepste die Meise. »Sicher ist dir bekannt, daß er sein Ei in fremde Nester legt, nicht wahr?«

Schnüffel nickte und meinte: »Falls ihr deshalb hier seid: Daran kann auch ich ihn nicht hindern.«

»Wir kommen nicht deswegen«, piepste die Meise, »obwohl ein Kuckucksei im Nest für uns kleine Vögel eine Katastrophe ist. Sobald der kleine Kuckuck ausschlüpft, wirft er alle andern Jungen einfach über Bord. Dann macht er sich breit und läßt sich füttern. Er frißt mehr als zehn eigene Kinder. Wer einen Kuckuck aufgezogen hat, ist reif für die Klapsmühle und braucht Ruhe. Darum haben wir Vögel untereinander ausgemacht, daß jeder reihum mal dran ist. Der

Kuckuck legt sein Ei nämlich stets ins gleiche Nest oben auf der Tanne. Mal muß das Rotschwänzchen, mal die Amsel, mal meine Wenigkeit und mal der Spatz dort nisten. In diesem Sommer war der Grünfink dran.«

Schnüffel besah sich den mageren, zerzausten Grünfink und meinte: »Es ist eine gute Idee, euch mit dem Kuckuck abzuwechseln. Aber jetzt haben wir Herbst, und der Kuckuck ist längst im Süden. Für eine Weile seid ihr ihn los.«

»Eben nicht, eben nicht!« piepsten aufgeregt sämtliche Vögel zugleich.

»Eben nicht!« piepste die Meise hinterher. »Jedes Jahr waren wir froh und erleichtert, wenn wir sein albernes Geschrei nicht mehr hörten. Aber in diesem Jahr schreit er immer noch! Er ist noch hier! Nicht auszudenken, wenn er um diese Zeit ein Ei legt. Bald kommt der Winter, dann finden wir für uns kaum genug zu picken. Wie sollen wir da noch einen kleinen, verfressenen Kuckuck füttern? Darum sind wir hier. Du bist Schnüffel, der berühmte Hundedetektiv. Du mußt unbedingt herausfinden, was mit diesem verflixten Kuckuck los ist.«

Alle Vögel nickten eifrig zu dem, was die Meise sagte.

Schnüffel fragte: »Könnte es sein, daß sich der Kuckuck verletzt hat oder krank ist und darum die weite Reise nicht angetreten hat?«

»Keine Spur«, sagte die Meise. »Er ist ganz fidel. Er schreit unentwegt und wird nicht einmal heiser.«

Schnüffel grübelte und sagte: »Manchmal kann eine Amsel so rufen wie irgendein anderer Vogel. Hört ihr vielleicht eine Amsel, die wie der Kuckuck schreit?«

»Unmöglich«, erwiderte die Meise, »weit und breit gibt's keine Amseln. Aber der Kuckuck schreit Tag und Nacht. Wir können keine Stunde ruhig schlafen.«

Schnüffel stellte aufmerksam die Ohren hoch. Er rief: »Sagtest du eben: Tag und Nacht schreit der Kuckuck?«

Die Meise nickte: »Immerzu! Er schreit mal mehr und mal weniger. Manchmal schreit er viele Male hintereinander. Danach muß er müde sein, denn er schreit nur ein- oder zweimal. Wenn er sich wieder erholt hat, schreit er immer mehr.«
»Bitte um Ruhe, jetzt muß ich nachdenken«, sagte Schnüffel. Er legte die Ohren über die Augen.
Die Vögel flatterten um ihn herum und hielten den Schnabel.
Schnüffel legte die Ohren zurück.
»Ich dachte es mir«, sagte er, erhob sich und trabte los.
Die Vögel sausten hinter ihm her und piepsten: »Verscheuch ihn! Verjag ihn! Beiß ihm den Kopf ab!«
»Pfui«, knurrte Schnüffel.
Im Garten raschelte das Herbstlaub unter seinen Pfoten. Am Haus stellte sich Schnüffel auf die Hinterbeine, legte die Vorderpfoten aufs Fensterbrett und guckte durch die Scheibe, dazu nickte er. Dann legte er sich hin und klappte die Augen zu.
Die Vögel saßen ringsumher auf den Zweigen und zwitscherten ungeduldig.
Schnüffel klappte noch einmal ein Auge auf und knurrte: »Ruhe! In genau dreiundzwanzig Minuten wißt ihr, was es mit dem Kuckuck auf sich hat!« Dann schlief er ein.
Pünktlich wachte er auf, erhob sich und guckte wieder durch das Fenster. Die Vögel saßen neben ihm und beobachteten ihn gespannt.
»Seht nicht mich an«, meinte Schnüffel, »seht lieber mal ins Zimmer hinein.«
Die Meise piepste: »Aha, ich hab's! Der schlaue Kuckuck ist im Haus und will dort im Warmen überwintern! Darauf sind wir nicht gekommen!«
»Falsch geraten«, erwiderte Schnüffel.
Dann stellte er die Ohren hoch und machte: »Pst!«
Der Kuckuck erschien. Er schrie viele Male hintereinander.

Aber die Vögel waren ganz beruhigt. Was sie hörten und sahen, war…

Eine schrecklich aufregende Bärengeschichte

Man rief nach der Polizei und der Feuerwehr, die sich mutig und besonnen Omas Küche näherten.
POLIZEI

MARGRET RETTICH
Was sie dort vorfanden, war Oma sehr peinlich.
Und am Nachmittag mußte Olaf dann üben, wie man
BROMBEEREN
schreibt.

Die Geschichte vom hungrigen Schweinchen

Rätsel

Was hat einen Deckel
wie der Topf auf dem Herd?
Was hat einen Rücken
wie im Stall das Pferd?
Was hat soviel Blätter
wie im Garten der Baum?
Was machst du auf
wie die Tür hier im Raum?
Du hast es nicht erkannt
und hältst es in der Hand.

(Buch)

Über die Autorin und ihre Bücher

Margret Rettich wurde 1926 in Stettin geboren. Sie studierte Gebrauchsgraphik und war dann freiberuflich in der Werbung tätig. 1960 übersiedelte sie in die Bundesrepublik, wo sie heute in der Nähe von Braunschweig mit ihrem Mann, dem bekannten Illustrator Rolf Rettich, lebt. Bis 1970 illustrierte sie zahlreiche Kinderbücher für verschiedene Verlage. Seit 1970 veröffentlicht sie Bücher nach eigenen Ideen und mit eigenen Texten, die vielfach ausgezeichnet wurden. So erhielt sie 1981 den Deutschen Jugendliteraturpreis für »Die Reise mit der Jolle«.

Veröffentlichungen:

Im Verlag Friedrich Oetinger, Hamburg:

Pappbilderbücher:

Allerlei um mich herum *1970*
Dies und das aus meiner Welt *1970*
Komm mit *1971*
Steig ein *1971*
Ich weiß, was du bist *1971*
Ich weiß, was du machst *1971*
Muh macht die Kuh *1980*
Heut gehn wir in den Zoo *1980*

Als Reihe »Spielend leicht lernen«:

Jan und Julia ziehen um *1973*
Jan und Julia kaufen ein *1973*
Jan und Julia verreisen *1974*
Jan und Julia im Kindergarten *1974*
Jan und Julia feiern Geburtstag *1976*
Jan und Julia haben ein Tier *1976*
Jan und Julia sind krank *1978*
Jan und Julia haben einen Garten *1978*
Jan und Julia verlaufen sich *1981*
Jan und Julia machen einen Ausflug *1981*
Jan und Julia in der Schule *1985*
Jan und Julia im Zirkus *1985*

In der Reihe »Sonne, Mond und Sterne«:

Gesagt ist gesagt *1981*
Von ruppigen struppigen Seeräubern *1983*
Teddy-Krimi *1984*
Vom Angeberfrosch und anderen Tieren *1986*

Allerlei von früher, jetzt und irgendwo *1986*

Im Verlag Otto Maier, Ravensburg:

Bildergeschichten gemeinsam mit Rolf Rettich:

Hast du Worte *1972*
Was ist hier los? *1973*
Kennst du Robert? *1975*
Hier kommen die Radieschen *1976*
Neues von Hase und Igel *1979*

Bilderbücher:

Zinnober in der grauen Stadt *1973*
Die Geschichte vom Wasserfall *1974*
Ich wäre gern auf einem Stern (Text) *1976*
Kindergedichte (Illustrationen) *1978*
Die Reise mit der Jolle *1980* (Deutscher Jugendliteraturpreis 1981; Stiftung Buchkunst – Schönste Bücher)
Erzähl mal, wie es früher war *1982* (Deutscher Jugendliteraturpreis, Auswahlliste 1983)
Kleine Märchen (Text) *1983* (Stiftung Buchkunst – Schönste Bücher)
Soliman der Elefant *1984* (Stiftung Buchkunst – Schönste Bücher)
Zehn Finger hab ich (Text) *1986*

Heftreihe: Spiel und Spaß für Rätselkinder – mit Wimmelbildern – mit Legespielen – beim Rätselkongreß – u. a.

Im Annette Betz Verlag, Wien–München:

Wirklich wahre Weihnachtsgeschichten *1976*
Schrecklich schöne Schauergeschichten *1977*
Die Rabenschwarze *1979* (Österreichischer Kinder- und Jugendbuchpreis, Ehrenliste)
Die Geschichte von Elsie *1980*
Schon wieder Weihnachten *1986*
Komm wir drehn die Zeit zurück *1985*

Im Verlag Ernst Kaufmann, Lahr:

Als ich so klein war wie du *1982*

Im Loewes Verlag, Bindlach:

Saus und Braus – der Wind weht um das Haus *1976*
Minni ist die Größte *1977*
Dorfgeschichten *1978*
Extrapost für Kati *1979*
Tierpraxis Doktor Schimmel *1980*
Eilbriefe an Onkel Felix *1981*
Friedchen Fliege – Abenteuer im Wald *1982*
Friedchen Fliege – Unfreiwilliger Ausflug *1982*
Doktor Schimmel und Fräulein Maus *1983*
Schnüffel, der berühmte Hundedetektiv *1985*
Vom Huhn, das so allein war *1986*
Besuch für Tom und Mia *1986*

Im Deutschen Taschenbuch Verlag (dtv junior, München):

Freitag ging alles schief *1981*
Wittkopp – vom Ochsen, der Bürgermeister wurde *1983*

Beiträge in Anthologien:

Warten auf Weihnachten, Verlag Friedrich Oetinger, Hamburg *1978*
Wenn Weihnachten kommt, Verlag Friedrich Oetinger, Hamburg *1982*
Frühstück für Amanda, Verlag Friedrich Oetinger, Hamburg *1984*
Träume brauchen nicht viel Platz, Cecilie Dressler Verlag, Hamburg *1984*
Schön und klug und dann auch noch reich, Cecilie Dressler Verlag, Hamburg *1985*

Quellennachweis

Eddis Vogel
aus »Frühstück für Amanda«

Jan und Julia
verlaufen sich (Bilderbuch)

Der Regenmantel; Der Drache; Angeber; Der Karton
aus »Gesagt ist gesagt«

Die Bücher sind im *Verlag Friedrich Oetinger, Hamburg,* erschienen

Eine ungemein langweilige Bärengeschichte; Eine ganz traurige Bärengeschichte; Eine schrecklich aufregende Bärengeschichte
Copyright bei der Autorin

Diese Verlage haben uns die freundliche Genehmigung erteilt, folgende Geschichten nachzudrucken:

Annette Betz Verlag, Wien – München

Die Geschichte von Elsie (Bilderbuch)

Die Frühlingsgeschichte; Die Geschichte vom Wohnwagen; Die Schloßgeschichte; Die Geschichte ohne Ende; Die Nacht- und Nebelgeschichte
aus »Schrecklich schöne Schauergeschichten«

Die Landstraßengeschichte; Die Kirchengeschichte; Die Geschichte vom Lamettabaum
aus »Wirklich wahre Weihnachtsgeschichten«

Loewes Verlag, Bindlach

Die Kuh
aus »Leselöwen Dorfgeschichten«

Ein dicker, fetter Dackel; Ein durchgedrehter Kater
aus »Tierpraxis Doktor Schimmel«

Der Fuchs im Fenster; Was ist bloß mit dem Kuckuck los?
aus »Schnüffel, der berühmte Hundedetektiv«

Buchrätsel; Kuckucksuhr-Rätsel
aus »Saus und Braus«

Otto Maier Verlag, Ravensburg

Soliman, der Elefant (Bilderbuch)
Die Geschichte vom Wasserfall (Bilderbuch)
Die Reise mit der Jolle (Bilderbuch)
Zinnober in der grauen Stadt (Bilderbuch)

Die Geschichte vom Maulwurf; Die Geschichte vom Fotografieren; Die Gute-Nacht-Geschichte
aus »Was ist hier los?«

Die Geschichte vom Schneemann; Die Geschichte vom großen Baum
aus »Hast du Worte?«

Die Geschichte vom kleinen Kuckuck ; Die Geschichte von der eifrigen Hühnermutter; Die Geschichte vom hungrigen kleinen Schweinchen
aus »Neues von Hase und Igel«

Umschlag von Margret Rettich
Bilder von Margret und Rolf Rettich
Druck und Einband: Salzer – Ueberreuter, Wien
Printed in Austria 1986

ISBN 3-7891-2901-1